축제에서 일주일을

축제에서 일주일을

초판 1쇄 발행 2017년 1월 23일
초판 2쇄 발행 2018년 6월 28일

글 사진 김성일

펴낸곳 도서출판 가쎄 [제 302-2005-00062호]
주소 서울 용산구 이촌로 224, 609
전화 070. 7553. 1783 / 팩스 02. 749. 6911
ISBN 978-89-93489-64-4

값 12,800원

홈페이지 www.gasse.co.kr
이메일 berlin@gasse.co.kr

축제에서 일주일을

축제에서 일주일을

1day

2day

3day

4day

6day

7day

프롤로그 - 축제 이벤트 들어가기

1. 축제 이벤트는 우리들의 세상 사는 이야기

사람이 사는 곳에는 어디나 축제가 있다. 날마다 되풀이되는 일상과는 다른 특별한 이벤트가 있다. 축제(祝祭)라는 용어 자체가 축하 의미의 놀이성이나 오락성과 함께 제의적인 의미의 종교적 경건함을 포괄하고 있다. 인간사의 애환과 양면성을 동시에 내포하고 있는 것이다. 거기에는 일과 놀이, 생산과 소비, 흥과 한, 노동과 일탈이 함께 녹아 들어가 있고 복잡다단한 삶이 담겨있다. 이처럼 축제는 인간의 생존 욕구와 공동체 생활의 속성이 결합된 인류 문명의 다양하고 복합적인 모습을 생생하게 보여준다.

축제는 그 기원부터 현대에 이르기까지 변화를 거듭하고 있다. 기원은 진지하였으나 후대로 갈수록 흥겨운 놀이의 속성이 강해진다. 초기에 축제는 안전과 풍요를 기원하는 종교적이고 제의적인 의미의 엄숙한 행사가 주를 이루었다. 물론 거기에는 제의에 함께 참여한 사람들이 행사 후에 어울려 즐기는 축제 본연의 일탈의 시간이 뒤따랐다. 시대가 바뀔수록 축제의 성격은 다양한 변천의 과정을 겪는다. 인류의 삶이 그렇듯이 축제도 점차 일상이 되고 생활 속으로 자리 잡게 되는 것이다. 거기에는 사람들이 공통적으로 추구하는 유희와 오락, 흥겨운 어울림과 욕구의 발산이 포함된다. 이런 축제는 갈수록 규모가 커지고 지역과 도시에 따라 그 성격과 내용도 다채로워진다. 오늘날 축제는 축제 고유의 성격인 제의적 속성이라는 원형을 간직하고 있지만, 전반적으로 놀이와 오락성이 강화되면서 인류의 풍요로운 삶을 표현하는 대표 행사로 진화하는 중이다.

축제 이벤트는 비일상적인 행위이다. 특별한 생각을 가지고 계획된 활동이다. 따라서 일상적으로 출퇴근하거나 식사하는 일, 홍수나 지진, 우연한 만남 같은 자연발생적인 것은 축제 이벤트가 아니다. 싸움이나 전쟁, 화재사건이나 교통사고 같은 부정적인 일들도 여기에 포함되지 않는다. 축제 이벤트는 의도적이고, 긍정적이며, 비일상적인 사람들의 특별한 행위와 행사를 의미한다. 한마디로 '스페셜 이벤트(Special event)'이고, 인간다운 삶과 활동이 의미 있게 담기는 것이다. '이벤트!' 하면 무언가 신나고 근사할 것 같은 느낌, 즐겁고 기분 좋은 기대감이 드는 것은 이 때문이다. 이렇게 축제 이벤트는 우리들의 살아가는 이야기, 살아있는 인류의 생활과 밀접하게 연결되어 발전해왔다.

네덜란드 역사학자 하위징아(Johan Huizinga)는 유명한 그의 저서 〈호모루덴스〉에서 인간의 놀이 본성이 문화적으로 표현된 것이 축제라고 하였다. 놀이는 비일상적, 비생산적인 것이지만 일상과 생산을 위해서 필수불가결한 것이라고 보았기 때문이다. 헤밍웨이는 축제 예찬론자로 잘 알려져 있다. 〈파리는 날마다 축제〉에서 그는 "파리가 아름다운 것은 가난마저도 추억이 될 만큼 낭만적인 도시 분위기 덕분"이라고 한다. 그러면서 만약 인생의 한때를 파리에서 보낼 수 있는 행운이 있다면, 파리는 마치 '움직이는 축제' 처럼 남은 일생에 어딜 가든 우리 곁에 머무를 것이라고 극찬한다.

사람들이 움직이고 머무는 곳에는 그들의 삶이 새겨진다. 우리는 그런 추억이 새겨진 곳을 사랑하고 시간의 그리움 속에서 기억한다. 아무렇게나 존재하던 공간은 이제 자기만의 삶과 추억이 깃든 아름답고 특별한 장소가 된다. 거기에는 우리 인생의 이야기가 담긴 축제가 있기 때문이다. 축제가 있다면 내가 사는 곳에서 나는 늘 행복해질 수 있다. 나는 오늘도 행복해지기 위하여 축제를 추구한다.

2. 일곱 가지 키워드로 본 축제 이벤트

축제를 어떻게 이해할 것인가? 일곱 가지의 키워드로 정리해보면 다음과 같다.

첫째 관광이다. 요즘 관광은 뜨거운 이슈 중의 하나다. 어딘가로 문득 떠나는 사람들이 많아졌다. 사람들이 움직이는 모든 것은 사실 관광과 연결된다. 관광은 한 나라의 거의 모든 분야가 총체적으로 집약되어 있다. 복합 산업이다. 관광에서 축제 이벤트의 역할은 아주 중요하다. 관광행태가 전통적으로 명승지나 박물관을 관람하는 '정적인 관광'에서 공연이나 축제에 직접 참여하는 '동적인 관광'으로 점차 바뀌고 있기 때문이다. 축제와 이벤트는 관광객에게 특별한 체험과 감동을 준다. 또한 외부의 방문자가 줄어드는 비수기에 계절적인 한계를 극복할 수 있는 뜻밖의 볼거리를 제공한다. 이를 통해 지역의 잠재력을 개발하고 새로운 시장개척의 가능성을 꾀할 수 있다. 결론적으로 축제와 관광의 결합은 특정 지역과 장소를 한층 돋보이게 만들어 부가가치를 극대화할 수 있다.

두 번째는 문화예술이다. 축제 속에는 모든 문화예술이 망라되어 있다. 인류의 조상인 고대 원시사회 사람들은 일정한 때가 되면 함께 모여서 풍요와 다산을 기원하면서 춤과 노래를 즐겼다. 예술은 이 같은 인간의 원시적 행위와 표현에서 출발한다. 이는 축제의 원형과 다르지 않다. 오늘날 축제는 문화예술과 결합하여 더욱 발전하고 있다. 예술의 특화된 각 장르뿐만 아니라 이를 종합한 문화예술 축제들도 세계 곳곳에서 펼쳐지고 있다. 문화예술 축제들은 인류의 생활과 역사를 더욱 풍요롭고 아름답게 가꾸는 역할을 한다. 또한 한 나라와 특정 지역의 이미지와 매력도를 높이는 데도 크게 기여하고 있다.

세 번째는 스포츠다. 흔히 '각본이 없는 드라마' 라고 불리는 스포츠는 극도의 긴장과 짜릿한 흥분, 에너지의 폭발적인 발산이라는 축제 요소를 두루 갖추었다. 스포츠는 몸과 마음을 건강하게 가꾸어준다. 사회의 활력을 높이고 국가 간 친선과 화합에도 크게 도움이 된다. 그리스에서 열린 고대 올림픽을 보면 전쟁 기간에도 휴전을 하고 도시 국가 간의 단합과 경쟁을 즐겼을 정도다. 현대에 들어 스포츠는 지역 단위 생활 스포츠 같은 소규모의 체육 활동부터 올림픽, 월드컵, F1, 슈퍼볼과 같은 메가 이벤트까지 여러 가지 형태로 펼쳐진다. 이를 통해 개인의 건강과 체력 증진, 지역 단체 간 친목과 화합을 도모할 수 있다. 또한 국가 위상과 역량 과시, 정치 사회적 단합과 결속, 경제적 이익 창출, 인류평화와 화합의 모색과 같은 다양한 효과를 기대할 수 있다.

네 번째는 정치와 권력이다. 축제가 가진 사회 통합과 공동체적 결속은 역사적으로 정치권력이 매우 선호해왔다. 권력을 가지고 있거나 권력의 속성을 아는 자는 문화예술과 축제를 적절하게 즐기고 활용할 줄 알았다. 문화는 때로 권력의 도구나 수단이 되었고, 축제는 권력을 가진 자의 권위와 정당성을 지지하고 강화하는 역할을 하였다. 역사를 돌이켜 볼 때 절대

권력을 구가한 통치자들은 거의 예외 없이 문화예술과 축제의 애호가였고 후원자였다. 프랑스 절대왕정의 상징 루이 14세는 프랑스 문화예술을 꽃피운 장본인이었다. 나폴레옹은 탁월한 전략가이자 지식문화의 개척자였다. 위대한 게르만 민족의 부활을 꿈꾼 히틀러 또한 바그너 오페라의 추종자로서 장엄하고 극적인 무대 연출의 달인이었다.

다섯째는 경제와 자본이다. 오늘날 축제와 이벤트의 강력한 추진력은 바로 정부와 기업에서 나온다. 특히 지방정부의 축제 사랑은 뜨겁다. 지방정부가 축제를 개최하는 목적은 여러 가지다. 지역의 이미지 제고, 대외 인지도 향상, 기관장의 치적 홍보 등이 있지만 '지역이 폼 나고 지역에 돈이 되는' 경제 활성화가 최우선임은 분명하다. 이는 외부의 많은 방문자와 관광객을 불러들여 지역의 고용 창출과 소득 증대에 크게 기여하기 때문이다. 기업은 요즘 특별한 이벤트의 큰손이다. 상품 판매와 프로모션을 위한 이벤트는 기본이고, 마케팅과 다양한 내외부 소통 수단으로 축제와 이벤트를 활용한다. 대규모 산업박람회나 엑스포 같은 이벤트는 이미 전 세계적으로 널리 열리고 있다.

여섯째는 종교다. 축제의 기원은 주술과 제의적인 요소에 있다. 종교는 대개 의례적인 요소가 강하다. 이는 원시종교나 토착신앙에서 더욱 두드러진다.

정치와 종교가 일치하는 사회 역시 이런 전통이 이어진다. 고대 원시사회의 경우 정교 일치적인 요소가 많았다. 각 나라와 민족에 전해지는 개국신화나 전설에는 신성과 영원성이 담긴 사례를 많이 볼 수 있다. 축제의 기원과 발달에는 종교가 큰 역할을 하였다. 기독교는 서구 역사에서 축제의 발전과 뗄 수 없는 밀접한 관계를 보여준다. 고난과 핍박, 신앙 공동체의 건설과정, 부활과 생명의 의식에 축제적 요소는 빠지지 않는다. 사순절 이전의 사육제인 카니발, 밸런타인데이, 크리스마스 등이 대표적이다. 불교와 이슬람, 다른 대부분 종교의 경우도 종교적 의식과 축원의 이벤트가 중요하게 여겨지는 것은 크게 다르지 않다.

마지막으로 자연과 일상이다. 인류가 지구상에 출현한 이래 가장 원초적이고 결정적인 생존의 변수는 바로 자연이다. 생존의 터전과 무대가 바로 자연이라고 할 수 있다. 인간은 자연을 떠나서 존재할 수 없다. 자연은 우리의 일상이다. 아무리 현대화된 첨단의 사회일지라도 태양과 공기, 물과 흙, 시간과 공간 같은 자연의 생태계에서 벗어난 삶을 유지할 수 없는 것이다. 원시 고대사회에서는 더욱 신비롭고 절대적인 대상이었다. 축제는 바로 자연의 순환과 인간의 통과의례가 만나는 일상의 지점에서 시작된다. 특히 농경과 정착, 공동체생활이 이루어지면서 제의적 행위와 결속은 강화된다. 거기에는 풍요와 안전의 기원이 으뜸이었다.

이처럼 축제는 일상생활에서 우리가 만나는 시간과 공간, 삶과 죽음, 인간과 우주라는 거대하고 불가해한 자연현상에 대한 두려움과 경외감의 표현이었던 것이다.

첫 번째 키워드: 관광 – 세상을 먹여 살리는 축제

축제에 미친 나라 스페인

스페인은 세계에서 손꼽히는 관광대국이다. 2015년 기준으로 외래 관광객 숫자에서 프랑스(8,450만 명), 미국(7,750만 명) 다음으로 많은 6,814만 명을 기록하였다. 중국(5,690만 명)을 1,000만 명 이상 앞선 기록이다. 관광이 스페인 경제에서 차지하는 비율도 14%에 달해 일자리 창출과 경기 회복에 큰 도움이 되고 있다. 다른 나라에 비해 유럽 대륙의 남서쪽 끝 이베리아반도에 위치한 지리적 약점을 안고 있지만, 스페인이 가진 관광자원은 다채롭고 풍부하다. 특히, 기독교 문명이 일반적인 유럽의 여느 나라에 비하여 스페인은 이슬람 문명이 공존하는 독특한 역사와 문화를 가지고 있다. 711년 이슬람의 우마이야 왕국이 서고트 왕국을 점령한 이후 1492년 기독교 세력의 이사벨 여왕이 다시 통일하기까지 780여 년간 이슬람 문명권에 속해 있었다. 이슬람 문화는 특히 코르도바, 세비야, 그라나다라는 남부의 3개 도시에서 크게 번성한다. 이들 도시에는 이국적인 이슬람 양식의 건축과 사원, 탑, 세밀하고 화려한 아라베스크 미술 장식들이 매력적인 볼거리를 제공하고 있다. 이슬람 왕국의 마지막 거처였던 그라나다의 알람브라 궁전은 이슬람 문화의 정수를 보여주는 아름다운 건축물로 유명하다. 수많은 방문객의 감탄을 자아내고 예술가들에게는 깊은 영감을 불러일으킨 곳이다.

스페인의 관광자원 중에서도 빼놓을 수 없는 것이 축제다. 아프리카 서부에 위치한 최남단 카나리아제도에서 북부 바스크까지 연 10만 회 이상의 축제가 연중무휴로 열리는 곳이 축제의 왕국 스페인이기 때문이다. "스페인 사람들은 축제에 미친 것 같다"라고 얘기할 정도다. 온화한 기후, 넓은 평지와 높은 산, 아름다운 해안을 두루 갖고 있는 지리적 특성, 낙천적이고 정열에 넘치는 국민성까지 스페인은 축제가 꽃피울 수 있는 조건을 모두 갖추고 있다.

스페인의 축제문화와 전통은 이 같은 기후와 지리, 민족적 특성에 역사적으로 가톨릭 중심의 문화통합과 다원주의적인 긴장이 조화를 이루면서 발전하였다. 또한 중앙집권과 지방분권의 정치체제가 맞물리면서 더욱 활기를 띠게 되었다. 특히 철권통치로 유명한 프랑코 정권(1936~1975) 후 지방자치가 회복되면서 축제도 다시 활성화의 길을 걷는다. 1982년에 열린 스페인 월드컵도 이런 변화에 기폭제 역할을 하였다.

스페인의 축제 사랑은 특히 '황소 비즈니스'에서 죽음도 불사한다고 할 정도다(조선일보, 2016.7.12.). 지난 100년 동안 스페인에서 134명이 소몰이 축제나 투우 도중에 사망하였고, 이 중 33명이 투우사라고 한다. 하지만 이런저런 사고에도 막대한 관광수입을 가져다주는 '황소 비즈니스'를 외면하기 어렵다는 것이다. 스페인 투우협회(ANOET)에 따르면 전국에서 열리는 투우와 소몰이 축제는 연간 600만 명의 관광객을 끌어들여 35억 유로(약 4조4,430억 원)의 수입을 내고 있다. 황소는 이렇게 중요한 관광자원이 될 뿐만 아니라 매력적인 이야기로도 만들어져 문화예술의 소재로도 무궁무진하게 재창조되었다.

헤밍웨이는 행동하는 작가이자 축제 애호가로 유명하다. 제1차 세계대전 후 '잃어버린 세대'를 그린 대표작 〈태양은 다시 떠오른다〉(1926)에서 스페인의 소몰이 축제인 〈산 페르민(San Fermin) 축제〉를 소개하였다. 지금은 50만 명이 넘게 참가하는 세계적인 축제다. 피레네 산맥

기슑의 팜플로나지역에서 1591년부터 시작된 이 축제에 헤밍웨이는 10년간이나 직접 참가하였다고 한다. 산촌의 작은 도시에서 벌어지는 축제라고 믿기 힘들 정도로 역사가 길고, 그 역동성으로 인해 지금은 세계인들의 관심과 주목을 받고 있다. 스페인 고유의 투우를 소재로 하면서도 칼과 피가 아닌 웃음과 스릴, 흥이 넘치는 축제를 연출하고 있다. 물론 짜릿한 모험에는 늘 위험과 대가가 따르는 법이니 주의가 필요하다.

비제의 오페라 〈카르멘〉은 오늘날 세계에서 가장 사랑받는 오페라 중에서도 손에 꼽히는 작품이다. 이국적인 스페인을 배경으로 치명적인 매력을 지닌 자유분방한 집시인 카르멘의 위험한 사랑을 그리고 있다. 스페인의 정열적인 음악과 스펙터클한 음향은 시종일관 강렬한 개성과 흡인력을 내뿜는데, 이때 울려 퍼지는 '투우사의 합창'은 장중하고 아름답다. 무언가 답답한 현실에 대한 거부와 은밀한 배반을 부추기는 것 같다. 결국 사랑은 파탄으로 치달으면서 비극으로 마무리된다. 1875년 초연된 카르멘은 현실 과장이 심하고 비도덕적이라는 이유로 비판에 직면하고, 실의에 빠진 비제도 석 달 후에 건강 악화로 작고하고 마는 얄궂은 운명의 작품이다. 하지만 카르멘의 인기는 점점 높아져 환호와 호평이 뒤따른다. 1876년 작품을 감상한 차이콥스키는 "모든 면에서 걸작이다"라고 하며, "세계에서 가장 인기 있는 오페라가 될 것"임을 확신한다고 찬사를 아끼지 않았다.

스페인은 매력적인 나라다. 활기와 에너지가 넘친다. 2000년대에 스페인을 두 번 방문할 기회가 있었다. 투우는 직접 보지 못하였지만 플라멩코 공연과 거리의 사람들을 둘러보면서 그야말로 정열의 나라 스페인을 실감하였다. 남부의 소도시 곳곳에는 거의 한 집 건너 바가 이어졌다. 사람들이 삼삼오오 어울려 인생을 즐기는 모습이 부럽게 느껴졌다. 스페인에 가면 왠지 기분 좋은 일, 신나게 어울릴 만한 일이 생길 것 같다. 거리에 서면 문득 정열에 불타는 카르멘을 만나게 될지 모른다는 생각도 든다. 언제나 축제의 흥겨운 기운과 소란스러운 분위기가 가득 넘치는 나라, 오늘도 나는 스페인을 꿈꾼다.

세계의 관광도시, 라스베이거스와 마카오

오늘날 도시의 모습은 역동적이다. 사람과 돈, 자원과 정보가 끊임없이 모여들고 흩어지면서 변화와 발전을 거듭하고 있다. 도시의 매력을 결정하고 도시의 사람들에게 활력을 주는 요인으로 관광을 빼놓을 수 없다. 세계적인 관광도시들은 쇼핑과 음식, 오락과 스포츠, 휴식과 레저 등 다양한 즐길 거리로 사람들을 유혹한다. 특별한 재미와 감동, 흥분과 체험으로 잊을 수 없는 추억을 선사한다. 뉴욕, 파리, 런던, 베를린, 북경, 마드리드, 이스탄불 같은 큰 도시부터 홍콩, 싱가포르, 칸, 모나코처럼 특색 있는 관광도시까지 세계에는 많은 명소가 있다. 그중

WELCOM
TO Fabulou
LAS VEG
NEVADA

에서도 라스베이거스와 마카오로 대표되는 카지노 중심의 테마파크형 관광도시를 살펴보자.

라스베이거스는 우리에게 오랫동안 카지노와 화려한 쇼로 유명한 거대한 도박과 환락의 도시로 알려져 있다. 1930년대 후버댐이 건설되던 즈음에 네바다 주 황량한 사막에 세워진 신기루 같은 도시다. 전설적인 멋쟁이 갱스터 '벅시 시걸(Bugsy Siegel)'의 일대기를 그린 영화 〈벅시〉(1991)에도 잘 소개되어 있다. 오늘날 라스베이거스는 단순한 카지노의 도시가 아니라, 호텔, 테마파크, 컨벤션센터, 문화공연시설, 쇼핑몰 등이 유기적으로 연계된 복합관광 레저도시다. 풍부한 인프라를 바탕으로 굵직한 국제회의와 공연, 전시 등의 행사를 집중적으로 개최하여 세계적인 컨벤션 도시로도 자리매김하고 있다. 라스베이거스는 한마디로 날마다 축제와 이벤트가 일어나는 마법과 같은 도시임은 틀림없다.

라스베이거스를 방문하면 대개 마천루같이 높고 화려한 호텔과 테마파크가 즐비한 거리를 따라 대부분의 시간을 보낸다. 여기저기 호텔의 카지노를 순례하면서 손맛을 보거나 멋지고 즐거운 테마파크를 둘러본다. 배가 고프면 세계 음식의 쇼윈도 같은 음식 거리를 돌아보고, 저녁이 되면 벨라지오 호텔의 아름답고 화려한 분수 쇼를 감상한다. 그런데 내게 인상적이었던 것은 오히려 구시가지였다. 현재의 신시가지가 조성되면서 구시가지가 쇠퇴하기 시작하자, 프리몬트 거리를 중심으로 구시가지 부흥 프로젝트가 기획된다. 많은 자본과 물량이 투입된 벤처성 사업이었다고 하는데, 그 핵심은 중심거리의 천정을 엄청난 수의 LED 전구들로 온통 뒤덮고 밤이 되면 화려하고 다채로운 영상 쇼를 선보이는 것이었다. 여기에 쓰인 전구들은 한국의 기업인 LG가 만든 것이라고 하는데, LG 로고를 군데군데 확인할 수 있어 반가운 마음이 든다. 색다른 즐거움과 볼거리를 선사하는 구시가지는 미국 서부시절 도시의 예전 정취와 새롭게 변화하려는 몸부림을 확인할 수 있어 한 번쯤 방문을 추천하고 싶은 곳이다. 의외로 많은 관광객이 몰린다.

라스베이거스를 둘러보면서 느끼게 되는 것은 엄청난 규모의 물량 공세와 이를 가능하게 한 과감한 기획과 투자다. 도시의 건설과정부터 현재의 모습까지 '통 크게 내지르는' 그들의 벤처 기질이 부러웠다. 아마도 서부 개척 시절부터 모험과 도전을 두려워하지 않는 프런티어 정신과 새로운 사업에 늘 혁신적으로 뛰어드는 미국식 기업가 정신에 기인하지 않나 싶다.

마카오는 오랫동안 '동양 속의 작은 유럽' 이었다. 특히 중국 남부 해안의 작은 카지노 도시로 유명하다. 2015년 기준 3,100만 명이 방문하는 세계적인 관광도시다. 이미 10여 년 전에 라스베이거스를 추월하여 카지노 분야에서 세계 제1위의 도시가 되었다. 오늘의 마카오를 만든 것은 중국이라는 거대한 시장이 큰 배경으로 작용하였다.

여기에 '자율과 경쟁'이라는 자본주의 개념이 접목되었기에 한 단계 높은 성장이 가능했다. 마카오는 1999년 포르투갈로부터 중국에 넘겨졌다. 마카오 부활의 주역인 에드먼드 호 행정장관은 40년 넘게 지속된 카지노 독점권을 풀어 해외 자본을 적극적으로 유치하였다. 미국 라스베이거스의 샌즈(Sands) 그룹을 필두로 갤럭시 카지노, MGM 미라지 호텔, 호주의 멜코 크라운, 미국의 카지노 재벌 스티브 윈(Steve Wynn) 등의 투자를 끌어내 판을 엄청나게 키운 것이다. 후발주자인 '동양의 라스베이거스' 마카오는 2006년에 드디어 오리지널 라스베이거스의 총수익을 앞지른다. 2015년에는 카지노에서 벌어들인 수익이 3,515억 파타카(약 48조 5,000억 원)에 달해 라스베이거스의 7배 규모에 이르렀다니 그 성장세와 속도가 참으로 놀랍기만 하다.

마카오는 오랜 식민지배의 영향으로 유럽의 문물과 동양의 전통이 만나 독특한 분위기를 자아낸다. 유서 깊은 건축물과 광장 등 아름다운 문화 유적지와 명소가 많아서 '동서양 역사의 중심'이라는 주제로 2005년에 유네스코 세계문화유산으로 지정되었다. 이 때문에 영화나 드라마 촬영지로도 인기가 높은데, 한국 방송사에서도 〈꽃보다 남자〉,

10¢
10¢
$76,373,864.6
$5,003.23
$1,110.25
115

〈궁〉, 〈에덴의 동쪽〉 등과 같은 인기 드라마를 찍었다. 내가 마카오를 방문하였을 때도 거리나 가게 곳곳에 〈꽃보다 남자〉의 이민호, 구혜선 등 관련 스티커나 홍보물이 많아서 한국 드라마의 인기를 실감할 수 있었다.

마카오가 이렇게 발전하게 된 것은 역사적으로 적지 않은 교훈이 있다. 1557년 포르투갈이 처음 중국으로부터 무역 조차권을 획득한 이래, 마카오는 포르투갈의 대(對)아시아 진출을 위한 거점이자 동서 문명교류의 중요한 기항지 역할을 하였다. 마카오를 거쳐 중국으로 전해진 문물은 그리스도교 외에 서양에서 발달한 천문학, 유클리드 기하학, 근대적인 지도투영법, 대포주조기술 등이 있다. 동·서양의 지식 교류에 커다란 역할을 한 이탈리아 출신 예수회 선교사 마테오 리치(Matteo Ricci, 1552~1610)가 이곳을 거쳐서 중국에 발을 들여놓았다. 한국 최초의 신부인 김대건 신부도 여기서 신학수업을 받았다. 1841년 영국이 홍콩을 식민지로 경영하게 되면서 마카오는 점차 국제 무역항의 중심 기능을 잃게 된다. 마카오에 카지노가 들어선 것은 이런 위기 속에서 미래의 생존전략의 하나로 고심 끝에 추진된 것이다.

마카오는 지금 카지노, 컨벤션, 휴양, 오락 기능을 두루 갖춘 세계적인 관광도시로 차근차근 도약하고 있다. 마카오 특별행정구 알렉시스 탐

사회문화부 장관은 '카지노 관광지'라는 이미지를 반기지 않았다. 대신 "마카오가 아시아의 레저·엔터테인먼트 중심지가 될 것"이라고 강조했다. (2016.4.20. 중앙일보) 이제 마카오는 본격적인 복합 리조트형 레저도시로 탈바꿈하고 있다. 비즈니스와 엔터테인먼트, 공연, 전시 및 국제회의가 열리는 아시아의 허브도시로 도약을 준비하고 있다. 마카오를 역동적인 관광도시로 만든 데는 다양한 페스티벌도 큰 역할을 하고 있다. 국제 푸드 페스티벌과 불꽃대회, 자동차 그랑프리, 국제 음악 페스티벌과 아트 페스티벌 등이 연중 열리면서 많은 관광객을 끌어모으고 있다. 탐 장관 역시 "복합리조트가 활성화되려면 그곳만이 가지고 있는 콘텐츠가 있어야 한다"면서 "마카오 그랑프리, 마카오 국제마라톤대회의 성공도 기반시설과 콘텐츠의 조화 덕분에 가능했다"고 강조한다.

리우 카니발, 브라질 통합의 아이콘

남미로 가는 길은 멀다. 미국을 거쳐 브라질이나 아르헨티나로 바로 가는 데 25시간이나 걸리는 피곤한 여정이다. 글자 그대로 지구 반대편의 나라가 아닌가? 처음 브라질에 갈 때는 시간을 아낀다는 생각으로 야간 비행기를 이틀 연속해서 탄 적이 있다. 뉴욕에 아침에 도착하여 일보고 저녁에 다시 비행기를 탔는데, 다음 날 상파울루에 내렸을 때는 피곤함과 졸음이 엄습하여 하루가 몹시 힘들었던 기억이 난다. 하지만 남미에 갈 때 우리의 마음은 설렘과 함께 흥분이 고조되는 것을 느끼게 된다. 남미에는 인종과 국경을 떠나 누구나 흥겹게 빠져들 수 있는 다채로운 음악과 춤이 있고, 세상만사 다 잊고 흠뻑 즐길 수 있는 지구촌 최대의 축제가 있기 때문이다.

브라질의 그 축제는 매년 2월경이면 지구촌을 뜨겁게 달군다. 겨울철인 한국에서 느끼는 카니발의 열기와 흥분은 상당히 색다른 느낌을 준다. 특히 광란의 삼바리듬과 화려한 퍼레이드 행렬은 브라질이란 나라의 국가 이미지와도 바로 겹친다. 그것은 무언가에 열정적으로 몰입한 사람들이 뿜어내는 활기차고 역동적인 사회의 모습이다.

브라질의 카니발은 포르투갈 식민시대인 1723년경에 시작되었다고 한다. 기독교의 금욕기인 사순절(四旬節) 직전 주말에 펼쳐지는 사육제(謝肉祭)가 바로 카니발이다. 'Carnival'이라는 용어 자체가 '고기를 금하다(carne vale 또는 carnem levere)'라는 라틴어에서 유래하였다고 한다. 313년 로마에서 기독교가 공인된 이후 기존에 내려오던 농신제(農神祭(12.17~1.1))가 기독교적으로 수용되어 축제화한 것이라고 설명한다. 12월 25일에 거행되던 동지절 행사도 여기에 녹아들었다. 이러한 전통은 오랜 기간을 거치면서 유럽의 북부에서는 종교적 의의가 강한

크리스마스와 결합하여 발전하였고, 남부에서는 성대한 야외 축제인 카니발로 꽃을 피웠다는 것이다. 따라서 카니발은 브라질뿐만 아니라 같은 기간에 세계 각지에서 펼쳐진다. 니스, 바젤, 쾰른, 피렌체를 비롯하여 미국의 뉴올리언스에서는 '마르디 그라(Mardi Gras)' 라는 프랑스식 명칭으로 진행된다.

수많은 카니발 중에서도 브라질의 리우 카니발이 특별히 유명하게 된 데는 그 이유가 있다. 브라질이란 나라의 '고통과 통합의 역사' 가 잘 녹아들어 있기 때문이다. 초기에 카니발은 유럽 문화에 뿌리를 두고 왈츠나 폴카 등을 가미한 가면무도회 성격으로 발달하였다. 1840~50년대에 브라질의 대도시가 중심이었고, 그 중심에는 유럽의 상류층 문화가 잘 드러나 있다. 여기에 거리 무대의 화려한 행진이라는 '대(大) 카니발' 이 유행하였다. 말 탄 기사와 화려하게 장식한 자동차와 마차 행렬이 눈길을 끌었는데, 그 주인공은 여전히 백인들이었다.

1888년 노예제 폐지 이후 카니발은 하층민의 참여와 욕구 분출로 새로운 질적 변화를 겪게 된다. 이른바 '작은 카니발' 이라고 불린다. 1928년 빈민가 주민들이 삼바 학교를 만들고 1936년에는 거리행진에 참여하게 되면서 오늘날과 같은 본격적인 브라질 카니발로 성장한다. 삼바 학교는 현재 수백 개에 달하는데, 매년 카니발에 출전하기 위하여 상당한 기간을 두고 준비를 한다. 자기들만의 독특한 분장과 장식, 화려한 행렬과 춤으로 관객의 눈길을 사로잡는 열띤 경연을 펼친다. 삼바가 가미되면서 브라질의 카니발은 여느 카니발과 비교할 수 없는 브라질만의 특별한 매력을 뿜어낼 수 있었다. 리우 카니발은 이런 역사적 변천 과정을 거치면서 이질적 문화의 혼합이라는 브라질 사회의 용광로 같은 역할을 한 것이다.

브라질은 인종이 다양하다. 아메리카 원주민인 인디오, 플랜테이션 농장의 노동자인 아프리카계 흑인, 유럽계 백인 주류계층이 새로운 역사를 만들며 한 나라를 구성하였다. 인종 간 반목과 사회적 갈등은 국가적인 문제로 비화하기도 하였다. 이에 따라 1930년대 바르가스(G. Garvas) 대통령이 브라질의 국가적인 사회통합 정책을 추진한다. 이때 삼바와 카니발은 축구와 함께 브라질 사회 통합정책의 핵심이었다. 정부는 카니발의 발전에 주도적인 역할을 하는데, 1935년 첫 지원이 이루어지고 1940년대부터는 관광 상품화의 길을 모색한다. 1964년부터 20여 년간 군사독재가 진행되던 때에도 카니발은 지속된다. 정치에 대한 불만, 자유에 대한 국민의 열망은 카니발을 통해 표출되고, 브라질만의 독특한 카니발 문화를 가꾸게 된 것이다.

오늘날 브라질의 리우 카니발은 세계의 축제 중에서도 손꼽히는 히트

상품이다. 지금은 최초의 종교적인 기원이나 성격은 크게 찾아볼 수 없이 변하였다. 이제 명실공히 브라질을 대표하는 국가 브랜드, 최고의 매력적인 관광 상품이 된 것이다. 잘 키운 축제 하나가 브라질 사회의 활력을 높이고 경제까지 활성화하고 있어 세계인의 부러움을 사고 있다.

마침 2016년 하계 올림픽이 리우에서 열렸다. 처음에는 걱정이 많았다. 정치 불안과 경제 불황 때문에 준비 부족에 시달렸다. 치안 문제와 지카 바이러스는 또 다른 골칫거리였다. 하지만 남미 대륙에서 사상 처음 열린 올림픽은 낮은 비용으로 높은 효율과 큰 감동을 끌어낸 성공적인 대회로 기록되었다. 빠듯한 예산은 리우 올림픽을 오히려 브라질답게 만들었다는 아이로니컬한 평가도 있었다. 세계의 이목이 집중된 개막식에서 아날로그 감성을 바탕으로 평화와 다양성, 환경보호와 지구의 미래라는 다양한 메시지를 역동적인 브라질 문화와 역사에 담았다. 우려는 호평으로 바뀌었다. 폐막식은 카니발 연출자들이 대거 참여한 삼바 축제의 장이었다. 형형색색의 옷을 입은 삼바 무용수들과 12명의 '카니발의 여왕' 이 등장하여 경기장은 온통 축제 분위기에 휩싸였다. 선수와 관객이 한데 어우러지는 멋진 피날레가 된 것이다. 화려한 특수효과보다 카니발에 응축된 브라질의 독창적인 매력과 문화적 특성을 잘 보여주었다는 평가다. 지구촌 화합의 축제라는 올림픽이 지향하는 이상에 잘 들어맞는 환상적인 마무리가 아닐 수 없다.

리우올림픽과 카니발은 우리와도 인연이 깊다. 마침 올림픽 양궁경기가 열린 곳이 리우 삼보드로무 경기장이다. 정열의 삼바 축제가 열리는 바로 그 장소가 잠시 경기장으로 변한 것이다. 한국 양궁은 여기에서 올림픽 사상 첫 전 종목 석권의 금자탑을 쌓았다. 남녀 개인전과 단체전에 걸린 총 4개의 금메달을 독차지한 것이다. 한국 양궁이 그동안 세계 최강의 면모를 과시하였지만, 전 종목을 석권한 적은 없었다. 마침내 꿈의 대기록을 작성하면서 리우 카니발의 현장에서 위대한 한국 양궁의 축제를 펼친 것이다. 참으로 감개무량한 순간이었다. 경기장은 사라져도 잊지 못할 명승부는 영원히 기록된다. 축제가 열릴 때마다 우리의 기억 속에서 한국인의 저력과 감동은 재현될 것이다.

피렌체의 메디치 가문, 예술과 축제를 요리하다

문화예술 후원이 늘어나고 있다. 후원의 동기도 다양하다. 그런데 조건 없이 글자 그대로 순수한 의미의 후원이 존재할까? 메디치 가문은 인류 역사상 문화예술에 대한 가장 위대한 후원자로 첫손에 꼽힌다. 그들은 15세기부터 사상, 예술, 과학 등을 두루 후원하며 르네상스를 견인한 역사의 주인공으로 찬사를 받기도 한다. 그런데 그들의 후원에

대하여도 엇갈린 해석이 존재한다.

메디치 가문은 위대하였지만 그 출신이나 출발은 평범하였다. 1216년 처음으로 세계무대에 등장하였는데, 피렌체 부근 '무젤로' 라는 평범한 농촌의 중산층이었다. 그런데 사업 감각이 놀랍도록 기민하여 세계 최고의 부와 권력을 축적하였다. 처음에 진출한 은행업은 당시 피렌체의 플로린이 유럽의 공용 통화로 채택되면서 메디치 가문에 출세의 날개를 달아준다. 흑사병 이후 1400년대에 유럽의 인구가 늘어나자, 의복에 대한 수요를 내다보고 모직 업에 진출한 것도 시대를 바라본 혜안이다. 그들은 'Please everybody, offend nobody' 라는 가문의 모토에서도 드러나듯 고객을 즐겁게 만족시키는 사업수완으로 빠르게 번창한다. 이를 토대로 피렌체를 지배하고 교황과 왕비를 각 2명이나 배출하는 명문가로 성장하는 것이다. 이후 메디치가는 346년간 12대를 지속하면서 강력한 예술 후원자로서 명성을 쌓는다. 미켈란젤로, 보티첼리, 프라 안젤리코, 부르넬리스키, 도나텔로, 우첼로, 갈릴레오, 마키아벨리 등 그들이 후원한 예술가와 과학자, 정치가들은 이루 헤아릴 수 없을 정도로 눈부시다. 동시에 그들이 남긴 아름다운 성당, 대학, 각종 조각상과 건축물, 벽화와 미술품들은 피렌체가 세계적인 문화 관광도시로 자리매김하는데 결정적 역할을 하였다. 마지막 후손인 안나 마리아가 모든 예술품을 국가(피렌체)에 기부하면서 가문의 명성은 역사가 된다. 지금도 이들이 남긴 발자취와 세계적인 명품들은 피렌체 거리와 우피치 미술관에 고스란히 남아 관광객들의 눈길을 사로잡고 있다.

메디치 가문의 진정한 후원 동기는 무엇일까? 그것은 학문과 예술의 애호, 종교적인 이타심, 그리고 이익의 사회 환원뿐이었을까? 기록에는 "자선 행위와 하느님에 대한 사랑으로 집과 가문을 고귀하게 하고, 성당과 예배소를 향상시키기 위하여 후원한다"고 되어 있다. 〈서양미술사〉의 저자인 곰브리치는 메디치 가문의 후원에 대해 "은행업에 대한 종교계와 사회적 적개심을 충분히 인식하고 고리 대금업의 오명을 씻기 위해 하느님께 바치는 마음으로 사회에 후원한 것"이라는 분석을 내놓았다. 메디치 가문 성공의 출발점이었던 당시의 은행업이란 환전 수수료를 챙기는 사업이었고 초기에는 금융 서비스라기보다 동네 불량배에 가까웠다. 1390년 이전 피렌체에서 각종 범죄를 저지른 벌로 17년 동안 메디치 가문 사람이 5명이나 사형을 당했다는 기록도 전해진다. 그들은 교묘한 상술과 놀랄 만한 수완으로 부를 축적하기 시작하였지만, 출신가문은 귀족이 아니어서 사회적으로 천대를 받았다. 이 때문에 프랑스 왕가와 결혼할 때 반대에 부딪히기도 하였다. 그들은 가문을 일으키기를 염원하였고 마침내 돈으로 권력을 거머쥔 대표 사례로 꼽히기도 한다. 그들에게 문화예술은 가문의 위신과 이미지를 만드는 데 결정적이었던 것이다.

메디치 가문은 문화예술의 후원뿐만 아니라 축제의 활용에 있어서도 노련한 전문가였다. 르네상스가 발달하기 시작한 14~15세기는 대상인들이 성장하고 경제적 부가 축적되면서 사회가 활력을 되찾은 시절이다. 경제적 기반을 바탕으로 정치권력을 장악한 지배계층은 로마의 선조들이 그랬던 것처럼 시민들에게 오락거리를 제공하였는데, 그 핵심이 축제와 이벤트였다. 외부의 귀빈들은 으레 메디치가의 저택에서 유숙하였고 그때마다 성대한 연회가 열렸다. 카니발, 개선식, 무도회, 마상창시합 등 화려한 행사들이 이어졌다. 시민들은 환호하고 피렌체에 대한 자긍심과 애향심은 도시 지배자인 메디치 가문을 향한 충성심으로 이어졌다. 결국 축제는 '과시와 선전의 장'으로서 부호와 지배자들의 명예와 위신을 세워주고 권력의 유지와 강화에 도움이 되었던 것이다.

당시 피렌체의 카니발은 화려하고 웅장한 개선식과 같았다. 고대 로마풍의 개선식에서 영감을 얻어 바사리(G.Vasari)가 처음 고안한 이후 화가 피에로 디 코시모(Piero di Cosimo)가 기획하여 성공한 것이라고 한다. 르네상스 이전 알프스 이북의 카니발이 다소 소박하고 익살스러운 행렬이었던 데 비하여, 이 같은 위풍당당한 개선식은 보는 사람들에게 놀라운 충격을 주는 스펙터클이었다. 복잡한 기계장치의 거대한 개선마차, 정교하고 상징적인 장식, 영웅과 이를 따르는 수많은 에스코트, 위대한 업적과 미덕의 찬양, 화려하고 다채로운 의복과 모형들. 영원한 승리와 영광을 상징하는 이런 종합 예술작품은 메디치 가문이 주최하는 축제의 단골 레퍼토리였다. 그러면서 점차 일정한 양식을 가진 하나의 새로운 장르로 자리 잡았다. 1513년 지오바니 드 메디치(Giovanni de Medici)의 주교 선출을 기념하기 위한 개선식은 이런 축제의 전형성을 보여주는 사례로 꼽힌다. 민중의 자율적 해학과 풍자라는 놀이성 대신에 귀족과 전문 계층 중심의 화려함과 웅장함은 극에 달한다. 또한 모든 장식과 상징은 로마 역사의 계승자로서 위대한 메디치 가문의 황금시대를 표현한다. 피렌체의 개선식이 메디치 가문을 선전하기 위한 정치적 수단이라는 것을 잘 보여주는 것이다. 이처럼 메디치 가문은 카니발이라는 전통적 축제를 차용하여 자신들의 권력을 군중들에게 깊이 각인시켰다.

메디치 가문은 축제의 꽃이라고 할 수 있는 발레의 전파에 큰 역할을 한 것으로 전해진다. 발레는 르네상스의 고향이자 오페라의 본고장인 피렌체에서 그 모습이 갖추어졌는데, 초기의 주제는 주로 그리스 로마의 신화였다. 이탈리아 르네상스 시기에 시작된 발레를 프랑스 궁정으로 들여와 발전시킨 사람이 바로 프랑스왕 앙리 2세와 결혼한 메디치 가문의 후계자 카트린 데 메디치 왕비(1519~1589)다. 이탈리아의 발레와 요리, 패션, 예법 등을 혼수로 가져가면서, 발레는 프랑스라는 제2의 고향을 찾아낸 것이다. 궁정발레를 후원하는 세력이 권력층이었던 만큼 이후 정치와 예술의 고리는 서로 밀접하게 발전한다. 1653년 발레에 직접 출연한 루이 14세는 그리스 신화 속 태양의 신 아폴로를 연기했는데, '태양왕' 이라는 유명한 그의 별칭도 여기에서 유래했다.

시드니의 겨울, 아름다운 빛으로 물들다

시드니는 문화예술과 관광의 세계적인 명소다. 자연의 아름다움과 문화예술이 이토록 잘 어울리는 도시도 흔치 않을 것이다. 그중에서도 시드니 오페라 하우스는 명불허전(名不虛傳)의 핫 플레이스다. 1973년 개관하여 해마다 호주 관광지 가운데 가장 많은 820만 명을 불러 모으고 있다. 개관 40년을 맞아 시설 보강과 환경 개선을 위하여 2017년부터 6년간 1억5,000만 달러(1,651억 원)를 들여 개보수 작업을 진행 중이다. 미래 세대를 위해 새롭게 단장하면서 2016년 하반기에 오페라 하우스는 이색 프로그램을 진행하였다. 공연 관람이 아니라 방문객들에게 공연이 이루어지는 건물 안에서 밤을 보낼 기회를 주는 것이다. 회의실, 극장의 로비, 기타 여유 공간을 개조하여 일반인들이 체류와 숙박을 체험할 수 있게 한 것이다. 2012년에도 이런 일회성 숙박행사가 진행되었다. 2016년 6월 축제에서는 독일계 작곡가 막스 리히터가 8시간에 걸친 공연 〈슬립(Sleep)〉을 펼쳤을 때 158명이 침구에 누워 공연을 즐겼다고 한다. 시드니 오페라 하우스는 아름다운 해안과 잘 어울리는 독특한 건축과 디자인으로 이미 세계 문화유산의 반열에 올라있다. '하얀 지붕 아래서 밤을 보내는 행사' 는 색다른 기획과 아이디어가 빛난다. 고객들에게 평생 잊을 수 없는 순간을 느끼게 할 것이다.

세계인들이 찾는 곳인 만큼 시드니는 매력적인 방문지와 다양한 프로그램을 갖추고 있다. 그중에서도 겨울철이 시작되는 5월 말~6월 초 중순에 열리는 〈비비드 시드니(Vivid Sydney)〉는 관광객뿐만 아니라 현지인들도 손꼽아 기다리는 호주 최대의 축제다. 시드니 오페라 하우스의 건축과 운영에 잘 나타난 호주인들의 개성과 참신성이 번뜩이는 이벤트다. 〈비비드 시드니〉는 공식적으로 '빛, 음악과 아이디어의 축제' 를 표방한다. 호주의 겨울은 우리처럼 춥지는 않지만 지역에 따라 바람이 불거나 비가 자주 온다. 일교차가 심하여 관광 비수기로 꼽히는 이 시기에 관광객을 끌어들이기 위하여 시드니는 2009년 기술을 통해 빛과 음악이 만나는 이 축제를 기획한다. 도시 전체가 화려한 캔버스와 스크린으로 변신하면서 아름다운 야경과 황홀한 빛의 쇼가 어우러진다. 자칫 삭막해질 수 있는 겨울의 항구는 아연 생동감과 볼거리로 넘치는 것이다.

이제는 세계적인 명물이 된 이 영상예술 축제에는 세계 여러 나라의 디자이너와 아티스트가 한꺼번에 모인다. 2016년에는 23개국에서 150명이 넘는 예술가가 참여하여 조명 설치물과 영상투사작품을 만들었다.

이들의 작품은 시드니 전역에 있는 축제 구역에서 볼 수 있다. 그중에서도 하이라이트는 역시 시드니 오페라 하우스와 하버 브리지를 끼고 있는 서큘러 키(Circular Quay) 주변에서 진행된다. 화려한 조명과 레이저, 3D 그래픽이 어우러진 미디어 파사드와 첨단 영상 예술 쇼는 환상적인 감동과 환호의 순간을 연출한다. 오페라 하우스의 돛 조명은 비비드의 핵심 이벤트로 손꼽힌다. 오페라 하우스를 대표하는 돛은 프로젝션의 캔버스가 되어 뱀피와 나비 날개, 우주에서 영감을 받은 패턴이 그려지고, 여기에 디자이너와 예술가의 상상력이 더해진다. 어둠이 내리는 저녁 6시부터 시작하는데 입장료가 없어 누구나 도시의 공간 구석 구석에서 함께 즐길 수 있다. 시드니 하버 브리지는 연중 오를 수 있지만 비비드 기간에는 더욱 장엄한 광경이 연출된다. 밤 시간에 브리지에 오르면 오페라 하우스 돛에 투사되는 이미지와 기타 도시 명소의 조명들을 위에서 내려다볼 수 있다. 지난 몇 년간 등반객들은 빛나는 조끼를 걸치고 빛의 쇼에 직접 참여하기도 하였다.

이 같은 빛의 축제와 함께 〈비비드 시드니〉의 최신 '음악' 프로그램은 인디부터 팝, 록 콘서트와 클래식 오케스트라를 망라한다. 역대 출연진으로 더 픽시즈, 펫숍 보이즈, 로린 힐 등이 있다. 음악 공연은 친밀한 지하 공간부터 대형 시드니 오페라 하우스 콘서트홀까지 다양한 장소에서 펼쳐진다. 비비드 '아이디어' 는 아시아 태평양의 창조 산업을 기념하는 연례행사다. 패션과 디자인, 영화, 애니메이션, 건축, 게임, 디지털 미디어, 비즈니스 등을 주제로 한 전문가들의 이야기를 들어볼 수 있다.

지난 2015년의 경우 〈비비드 시드니〉 기간에 호주를 찾은 관광객은 170만 명이나 되었다고 한다. 2014년에 비해 20% 가까이 성장한 기록이다. 세계적으로 2만 6천 개의 관련 여행 상품이 생겼고, 호주 내에서도 1만 7천 가지 프로그램이 만들어졌다고 한다. 찬바람과 함께 썰렁해지던 시드니, 그리고 뉴사우스 웨일스 주는 이 축제 덕분에 활기를 찾게 되었고, 호텔이나 음식점도 관광객들로 넘치기 시작하였다. 시드니 오페라 하우스는 이미 세계적인 명성과 브랜드를 갖고 있는 곳이다. 여기에 만족하지 않고 기존의 자원을 첨단 기술과 아이디어와 연계하여 최대한 활용함으로써 또 하나의 히트 관광 상품을 만들어내는 호주인들의 지혜가 놀랍고 부럽다. 이처럼 비수기를 헤쳐 나가는 유용한 관광 자원으로서 축제 이벤트가 가지는 잠재력과 가능성은 무한하다.

두 번째 키워드: 문화예술 – 아름다운 세상을 만드는 힘

축제의 도시, 영국 에든버러

1998년 가을부터 2년간 영국에서 해외 연수를 하였다. 아마 그때가 인생의 전성기였을까? IMF 직후여서 경제적 여건은 여러모로 좋지 않았다. 개인적으로는 문화정책과 예술경영 분야를 공부하면서 가까운 유럽을 중심으로 여러 곳을 여행할 수 있었던 소중한 기회였다. 여행지 중 가장 기억에 남는 곳은 영국의 북부 스코틀랜드의 에든버러와 하이랜드였다.

스코틀랜드를 여행한 것은 밀레니엄 한 해 전인 1999년 8월이었다. 영화 〈브레이브 하트〉(1995)에서 볼 수 있는 것처럼 스코틀랜드는 숙적 잉글랜드와 기나긴 대립과 저항의 역사를 갖고 있다. 스코틀랜드의 자연은 그 역사만큼이나 거친 날것 그대로지만 말로 표현할 수 없는 애잔한 아름다움의 백미를 보여준다. 하이랜드의 변화무쌍한 기후, 나무가 거의 없는 높은 산과 깊은 계곡, 그런 계곡과 황량한 들판 사이로 끝없이 이어지는 사람과 차가 드문 길, 아주 가끔 왕복 1차선인 그런 좁은 길에서 우연히 차를 맞닥뜨리는 경우에는 반가운 마음마저 든다. 조용한 마을을 지나다 보면 조그만 간판을 단 예쁜 집이 많다. 그런 곳은 대개 하룻밤 잠자리와 영국식 아침 식사를 제공하는 B&B(Bed & Breakfast)인 경우가 흔하다. 아담한 2층의 방에 짐을 풀면 아마도 예전에 방을 쓰던 자녀는 장성하여 도시로 떠나고 어린 시절의 사진으로만 남아 있는 그런 추억의 방일 수도 있다. 어쩌면 안방이나 마루에 집 떠난 자녀들의 학생 시절 모습이 가족사진과 함께 걸려 있는 우리의 시골풍경과 크게 다르지 않다. '사람 사는 세상은 다 비슷하다' 는 뭉클한 느낌이 드는 순간이다.

에든버러에 들렀을 때는 축제 시기였다. 아주 우연히도 한국의 공연 포스터를 발견했는데, 〈난타〉였다. 에든버러에서 한국의 작품을 볼 수 있다니 무척 설레고 기뻤다. 그러나 표는 이미 매진이었고 다음 날 다시가 봐도 마찬가지였다. 무척 아쉬웠지만 한편으로는 기뻤다. 어쩔 수 없이 저녁을 기다려 에든버러 성 앞에서 열린 축제 공연을 보았다. 은은하게 조명이 드리운 아름다운 고성을 배경으로 환상적인 무대가 펼쳐진 그 밤은 잊을 수 없는 멋진 추억이 되었다. 8월이었지만 에든버러의 밤은 약간 서늘할 정도여서 긴 소매 옷을 꺼내 입어야 했다.

〈에든버러 국제 축제〉는 1947년 제2차 세계대전의 상처를 문화적으로 회복하고자 만들어졌다. 클래식, 오페라, 발레, 연극 등 정통 공연 중심의 축제로 8월에 개최된다. 축제가 점차 알려지면서 여기에 초대받지 못한 사람들이 와서 공연하기 시작하였는데, 이것이 바로 언저리, 주변을 의미하는 〈프린지 페스티벌〉이다. 참가작품이 갈수록 늘어나서 요즘에는 3,000여 개의 공연이 열린다. 오히려 본 무대를 위협하는 형국이다. 주로 대중적인 공연이 많아서, 길거리부터 전문 공연장까지 도시의 거의 모든 장소가 공연장이 된다. 당연하게도 8월의 에든버러는 세계 각지에서 온 사람들로 인산인해를 이룬다. 이제는 대중문화 공연계의 올림픽이 되었다는 평가가 있을 정도다. 우리 작품들도 이제는 에든버러 축제의 무대에 속속 올라가고 있어 달라진 위상을 실감한다.

에든버러는 1년에 총 12개의 대형 축제가 열리는데, 8월이 피크를 이룬다. 국제 축제, 프린지 축제, 밀리터리 타투, 도서 축제 등 유명 축제가 이 시기에 몰려 있다. 위도가 스웨덴과 비슷한 유럽의 북쪽에 자리하여 여름에도 서늘한 날이 많은 스코틀랜드에서 일 년 중 최고로 기후가 좋은 시절이기 때문이다. 요즘 에든버러를 소개할 때 가장 중요한 역할을 하는 것은 역시 축제다. 조사에 의하면 방문객의 90% 이상이 축제와 관련된 동기로 이 지역을 찾는다고 한다. 주민들은 축제에 긍지와 자부심을 느끼고 젊은 세대는 예술에 대한 편리한 접근과 색다른 경험을 통해 상상력과 창의력이라는 교육의 효과를 본다.

에든버러는 아름다운 고성이 멋진 문화와 역사의 도시다. 고색창연한 도시의 색채가 축제 덕분에 더욱 활력이 넘치고 살아 있는 도시가 된 것 같은 느낌이다.

축제의 꽃, 발레와 왈츠

발레 하면 러시아, 왈츠 하면 오스트리아가 떠오른다. 한마디로 이 분야의 '간판스타' 이기 때문이다. 이들이 강국이 된 것은 역사에서 찾을 수 있다. 러시아는 근대화의 역사에서 후발국이었다. 표트르 대제와 예카테리나 여제가 러시아 근대화의 기수 역할을 하였다. 이들의 유럽화와 개혁 팽창정책에 힘입어 러시아는 19세기 중엽 일약 식민대국 반열에 오른다. 물론 1917년 사회주의 혁명 이후에는 지속적인 생산력

창출에 실패하면서 역사의 전면에서 점차 쇠퇴하고 만다.

발레는 15세기에 이탈리아에서 탄생하여 프랑스로 전파되었다고 한다. '태양왕' 으로 불린 루이 14세는 유명한 발레광으로 직접 발레에 출연하기도 하였다. 1661년 세계 최초로 왕립 무용학교를 세우고 발레를 전문 예술 장르로 격상시켰다. 그는 절대왕권의 군림과 권위를 위하여 예술을 애호하였고 베르사유 궁전을 건축한 후 복잡하고 의례적인 궁정 예법을 즐겼다. 라신, 몰리에르, 코르네유 등 많은 작가와 예술가들에 대한 후원으로 고전주의 예술이 프랑스에서 꽃을 피웠으니 이 또한 절대주의 왕조시대의 부산물이라 할 것이다.

19세기 초까지 발레의 중심은 파리였으나, 변방의 소국이었던 러시아가 점차 발레의 강국으로 부상한다. 1673년에 처음으로 러시아에서 공연된 이후 발레의 발전과정에는 황실과 귀족의 후원이 결정적인 역할을 하였다. 18세기 초 러시아는 유럽화 정책을 추진하는데, 이때 발레를 '민중의 오락' 으로 채택하여 지원하게 되는 것이다. 표트르 대제는 관련 법률을 만들고 귀족은 무도회 참석 시 여식을 동반하는 의무를 진다. 안나 이바노브나 여왕은 육사 정규과목에 발레를 포함시킨다. 이후 1783년에 러시아 최초의 왕립 발레학교가 설립되어 남녀 각 12명의 무용수가 체계적인 교육을 통해 성장한다. 귀족들의 후원도 함께 이루어졌다.

집 안에 발레 공연을 위한 극장을 설치하고, 농노 자녀 중 발레 무용수들을 양성하여 풍부한 인력풀을 마련한다.

러시아에서 발레의 발전은 세계 최고를 향한 뚝심 있는 노력이 이루어낸 결과물이라고 할 수 있다. 최고의 교육 시스템, 세계적인 무용수의 초빙 공연, 음악, 미술 등 관련 분야에 대한 투자 등을 통해 러시아는 사멸 위기에 놓인 유럽 발레 부활의 주인공이 된다. 18세기부터 바리시니코프, 누리에프, 니진스키, 안나 파블로바 같은 수준 높은 무용수를 다수 배출한다. 19세기 중반에는 발레의 본고장인 유럽에 새롭게 재창조한 러시아 발레를 역전파(逆傳播) 하기에 이른다. 많은 유럽의 음악가들이 러시아 발레곡을 헌정하는 일도 일어났다.

왈츠는 음악과 춤이 완벽하게 조화를 이룬다. 그래서 인간이 만들어낸 가장 아름다운 몸짓으로 각광받기도 한다. 사교춤 역사에서 처음으로 남녀 파트너 간 신체접촉이 가능하게 된 것 또한 왈츠라고 한다. 18세기 전후에 독일, 프랑스, 오스트리아 지역의 민속춤에서 유래되었다는 설이 많은데, 오스트리아에서 그 화려한 꽃봉오리를 터뜨린다. 왈츠가 발달한 데에는 역사적으로 중산층 시민계급이 성장하면서 이들의 무도회 출입이 늘어나는 것과 밀접한 관련이 있다. 왈츠가 특히 오스트리아에서 번성한 것을 메테르니히 재상의 정치적 의도설과 연결 짓는 흥미로운 설명이 있다. 나폴레옹 황제의 몰락 후 열린 빈 정상회의(1814~1815)는 각국의 이해관계가 얽혀 회의가 자주 교착상태에 빠졌다. 노련한 정치가인 메테르니히는 때마다 갖은 향연과 화려한 무도회를 열었다고 한다. 골치 아픈 회의에 시달린 각국의 외교사절들은 왈츠의 매력에 푹 빠져 지냈다고 한다. "회의는 춤을 추나 회의 진척은 없다"라는 말이 회자될 정도였다. 사교춤이었던 왈츠는 쇼팽과 슈트라우스 부자에 의해 예술적 경지를 더하면서 각국에 널리 퍼지게 된다. 왈츠의 아버지로 불리는 요한 슈트라우스 1세, 왈츠 500여 곡을 작곡하여 '왈츠의 왕'으로 불리는 요한 슈트라우스 2세는 오스트리아가 자랑하는 음악가들이다. 이들의 작품은 지금도 세계의 많은 사람으로부터 사랑을 받고 있다.

왈츠를 얘기하면서 빈 필하모닉 오케스트라의 신년음악회를 빼놓을 수 없다. 빈 필은 오스트리아가 낳은 세계적인 오케스트라다. 뉴욕 필, 베를린 필과 함께 세계 3대 오케스트라로 꼽히는 빈 필의 명성과 예술적 성취도야 따로 논할 필요가 없을 것이다. 〈빈 필의 신년음악회〉는 음악과 관련된 축제 이벤트 중에서도 독보적이다. 가격도 수백만 원에 이를 정도로 엄청나지만 표를 구하는 것 자체가 '하늘의 별 따기' 처럼 어렵다고 알려져 있다. 빈 필은 다른 오케스트라와 달리 총감독이나 상임 지휘자가 없어 신년 음악회가 열릴 때마다 누가 지휘자가 되는지도 큰 관심거리다. 라디오와 TV를 통해 전 세계에 방송되어 지구촌의 이목이 집중되는 음악회인 만큼 지휘자 본인에게도 영광이다. 이러한 이벤트적 성격은 음악회의 인기를 더욱 고조시킨다. 무엇보다 이 음악회의 특징은 왈츠를 중심으로 프로그램이 구성된다는 점이다. 요한 슈트라우스 부자가 작곡한 음악사의 걸작인 '아름답고 푸른 도나우', '라데츠키 행진곡'은 이 음악회의 단골 레퍼토리다. 신년에 경쾌한 왈츠를 듣고 있으면 새해의 밝고 희망찬 기운이 함께 느껴진다. 왈츠야말로 사람들의 흥을 북돋우고 축제를 달구는 음악으로는 제격이라는 생각이 저절로 드는 것이다.

유럽여행을 하면서 이런 왈츠의 이미지와 느낌 때문에 오스트리아 국경에 들어갈 때는 내내 마음이 들뜨고 왠지 설레던 기분이 이어졌다. 도시와 들판, 산과 호수를 보면서 국가 이미지와 브랜드가 참 중요하다는 생각이 들었다. 실제로 오스트리아는 아름다운 나라다. 특히 빈을 거쳐 잘츠부르크를 방문했을 때는 도시를 가로질러 흐르는 강과 산 위의 고성을 배경으로 한 예쁘고 고즈넉한 도시 분위기에 깊이 매료되었다. 모차르트 탄생지로 잘 알려진 이 도시는 1920년부터 세계 음악 축제의 대명사가 된 〈잘츠부르크 페스티벌〉을 해마다 여름철에 개최한다. 그림같이 아름다운 백색의 고성인 호엔 잘츠부르크 성안에서는 실내악 콘서트를 연다. 갈수록 페스티벌의 인기가 높아져서 겨울 음악제,

부활절 음악제, 성령강림절 음악제가 창설되고, 요즘에는 록 음악 페스티벌까지 열린다고 한다. 이제 잘츠부르크는 그야말로 음악의 도시, 페스티벌의 도시가 되었다. 세계 각지에서 많은 관광객이 찾아오는 이곳은 모차르트의 생가 외에도 볼거리가 많다. 바로크 건축 양식의 아름다움을 잘 보여주는 잘츠부르크 대성당, 영화 〈사운드 오브 뮤직〉의 배경으로 잘 알려진 미라벨 정원(Mirabell Garden)도 명소로 꼽힌다.

잘츠부르크 페스티벌이 세계 최고라고 인정받기까지는 빈 필 오케스트라와 카라얀의 역할을 빼놓을 수 없다. 세계적인 오케스트라인 빈 필이 호스트로 이 페스티벌에 처음부터 참여한 것은 큰 공로라고 할 수 있다. 잘츠부르크가 낳은 세계적인 지휘자 헤르베르트 폰 카라얀도 헌신적인 기여자로 꼽힌다. 카라얀은 일찍부터 고향의 음악제를 위해 노력했다. 1960년 축제극장을 설립하고, 베를린 필과 세계 최고의 예술가를 이 페스티벌에 끌어들였으며 부활절 음악제도 만들었다. 시내를 가로질러 흐르는 잘자흐 강변에는 그의 생가가 보존되어 방문객을 맞이한다. 그의 이름은 축제극장의 주소와 광장에 '헤르베르트 폰 카라얀 플라츠' 로 명명되어 길이 남아 있다.

이처럼 발레와 왈츠의 성장에는 특별한 역사와 사연이 있다. 러시아와 오스트리아는 당시 강대국은 아니었다. 하지만 그 나라와 민족의 취향에 걸맞은 간판 예술 장르와 함께 세계 문화강국의 반열에 올라있다. 이런 역사적 성취가 가능한 이유는 바로 요즘 식으로 표현하면 '핵심 역량의 집중'으로 볼 수 있지 않을까?

문화예술의 나라, 프랑스의 색다른 두 축제

'문화예술의 나라' 하면 프랑스가 손꼽힌다. 프랑스 사람들은 오히려 자동차, 원자력, 우주항공, 초고속 전철, 기계전자 등 산업 분야의 강국임을 내세운다. 문화예술이나 와인, 음식 같은 농산물과 요리로만 너무 알려져서 아쉽다는 반응을 보이기도 한다.

프랑스는 우리나라와 돈독한 관계에 있어 문화예술 교류와 협력이 크게 활성화되어 있다. 최근에는 양국 간 교류 130주년을 기념하는 대규모 행사를 2015~2016년에 걸쳐 진행하였다. 이 상호 교류행사는 양국 정상의 합의하에 시작하였다. 전례 없는 최장기간(1년 반), 최다 분야(문화, 교육, 과학기술, 경제, 산업 및 지자체 교류), 최대 규모(350여 개 행사)로 개최된 대대적인 국가 간 수교기념행사다. 양국에서 동시다발적으로 〈프랑스 내 한국의 해〉(2015년 9월~2016년 8월)와 〈한국 내 프랑스의 해〉(2016년 1월~2016년 12월) 행사가 열렸다.

양국 간 교류는 꾸준하게 해를 거듭하면서 이어져 왔다. 개인적으로도 프랑스와는 의미 있는 인연과 경험이 있다. 무엇보다 잊을 수 없는 것은 1995년 〈프랑스 한국문학 행사〉 (프랑스명 〈아름다운 이방인(Les Belles Étragères)〉)이다. 이는 프랑스 정부(문화부)가 주관하여 외국의 특정한 나라를 주빈국으로 선정하여 그 나라의 문학과 문학가들을 집중 조명하는 특별 이벤트다. 당시 순수예술 중에서 음악이나 무용 같은 공연이나 미술 분야에 대한 정부의 지원과 대중의 관심은 활발하였다. 하지만 문학은 상대적으로 소외받던 시기였다. 먼저 프랑스 측의 사전조사와 국내 방문, 문인 접촉 등을 통해 한국을 대표하는 13명의 작가가 선정되었다. 그해 연말(11.28~12.7)에는 프랑스 각지에서 시낭송회, 작가와의 만남, 출판기념회 등 다양한 행사를 여는 계획이 추진되었다. 한국에서는 초청받은 작가뿐만 아니라 문학평론가, 교수, 언론인 등이 참여하였다.

담당 사무관으로 나는 제반 실무 업무를 담당했다. 그해 프랑스 현지에서 열린 행사에도 참석하였다. 파리는 당시 택시와 지하철이 파업 중이어서 이동과 행사 참여에 어려움이 많았다. 행사장 여기저기를 거의 걷거나 뛰어다니다시피 하였다. 놀라운 것은 아주 정적이고 차분할 것으로 생각했던 문학 행사에 많은 현지인들이 자못 진지하고 열띤 분위기 속에서 함께 했다는 사실이다. 바스티유 오페라 좌에서 열린

개막식에는 500여 명이 참석하였다. 퐁피두센터, 몰리에르극장, 국립도서센터, 콤파니 서점 등 파리 시내 곳곳의 행사가 성공리에 열렸다. 보르도, 엑상프로방스, 랭스, 라로셸 등 지방에서 열린 행사도 그 관심과 참여도는 여전하였다. 역시 문화선진국은 다르다는 것을 느꼈다. 문화예술의 뿌리이자 기초인 문학의 대중적인 저변이 무척 중요하다는 것을 실감한 순간이었다.

한국의 문학은 1990년대 초반 프랑스의 한 출판사(악트 쉬드Actes Sud)에서 이문열, 이청준의 작품을 소개하면서 프랑스에 알려지기 시작하였다, 1995년의 〈한국문학 행사〉는 이를 본격적으로 소개하는 기회가 되었다. 당시 박경리의 〈토지〉 1부가 번역본으로 출판된 시기였다. 이러한 노력이 바탕이 되었는지 문학에 대한 정책적 관심과 지원이 지속적으로 늘어나 고무적이다. 최근 관련 법률이 제정되고 문학관 설립이나 문학 진흥 대책이 논의되고 있다. 요즘은 주변에서 시낭송회나 소설 강좌, 독서캠프 같은 문학 관련 행사를 쉽게 찾아볼 수 있다. 2016년에 정부가 '국립한국문학관' 건립을 공모하였다가 지방자치단체의 유치 경쟁이 과열되자, 사업을 잠정 중단한 데서 문학에 대한 달라진 열기를 체감한 바 있다. 현재 국내에는 58개의 문학관이 운영 중인데, 그 숫자는 계속 늘어나고 있다. 해외에서 한국문학에 대한 평가도 갈수록 높아지고 있다. 한강의 〈채식주의자〉가 세계적인 권위의 맨부커상을 받은 것은 이런 흐름에 하나의 큰 점을 찍은 사건이 아닐 수 없다.

또 하나의 중요한 행사는 앙굴렘의 〈만화페스티벌〉이다. 1974년에 시작하여 출판만화 관련 행사로서는 세계적으로 유명하다. 한국은 2003년에 '주빈국(Guest of Honor)'으로 처음 참여하였다. 프랑스에서 만화는 이미 오래전부터 예술로 인정받았다. 연간 출간되는 신간 만화 종수만 2,000여 종에 달할 정도로 만화 출판 시장이 활성화되어 있는 국가다. 앙굴렘(Angoulême)은 와인으로 유명한 프랑스 서부 보르도 인근에 위치한 인구 5만 명의 작은 도시다. 매년 1월 말에 여기서 개최되는 만화 축제는 프랑스는 물론 세계 각국의 만화와 관련 영상물이 전시된다. 다양한 강연회와 상영회, 시상식, 책 박람회 등도 진행된다. 인상 깊은 것은 거창한 현대식 건물에서 행사가 성대하게 열리는 것이 아니라, 앙굴렘 시내 곳곳이 모두 행사장이라는 것이다. 도시의 광장과 빈터에 텐트형 전시장을 만들거나 교회, 학교, 공공시설 등 기존 건물들을 최대한 활용하여 전시한다. 오래된 도시와 축제가 하나가 되는 독특하고 분위기 있는 행사를 꾸미는 것이다. 유서 깊은 도시의 매력이 만화 축제를 통해 색다르게 발산되는 순간이다.

〈앙굴렘 만화 페스티벌〉은 1974년부터 시 차원에서 지원하였다. 1980년대 프랑수아 미테랑 대통령의 사회당 정부가 대중문화 지원을 강화

하면서 칸영화제를 비롯한 프랑스 5대 국제문화행사의 하나로 자리 잡았다고 한다. 2000년대 이후 전 세계 만화정보의 70% 이상이 집결되는 세계 최대 만화 축제로 도약하였다. 2000년부터는 비유럽 국가를 주빈국으로 지정해 특별전을 열고 있다. 해마다 관람객 수가 늘어나 지금은 20만 명 이상이 찾아온다.

한국은 2003년 1월 23일에서 26일까지 열린 제30회 페스티벌에 주빈국으로 참여하였다. 시의 중심부에 자리 잡은 생마르샬 광장에 독립전시관을 마련하여, 전시회를 열었다. 우리가 이 축제의 주빈국이 된 것은 일본, 미국에 이어 세 번째다. 당시 우리 정부는 문화콘텐츠산업을 국가적인 유망 성장산업으로 보고 정책적 지원을 강화하던 시기였다. 나는 신설된 문화콘텐츠진흥과의 과장을 맡아서 이 업무를 수행하였다. 흥미로운 것은 우리가 첨단 콘텐츠산업 진흥을 지향하면서도 만화와 캐릭터 같은 산업을 기초적인 스토리산업으로 동시에 육성하고자 하였다는 것이다.

2003년의 주빈국 행사를 위해 문화부와 문화콘텐츠진흥원(한국콘텐츠진흥원)은 특별팀을 구성하여 운영하였다. '한국만화의 역동성' 이라는 주제의 주빈국 특별전시에서 우리는 한국 만화의 역사와 흐름, 저변과 다양성을 부각하였다. 역사전과 함께 현대 한국만화를 대표하는

19명의 작가와 작품을 성격에 따라 소개하였다. 행사는 4일 동안 100평 정도 되는 대형 천막 안에서 진행되었다. 공식 집계로 8만 명이 잡혔을 정도로 많은 사람이 몰려들었다. 한마디로 한국 만화를 세계 무대에서 효과적으로 알리는 행사로 평가된다. 우리는 특별히 '모바일 만화'를 선보이는 과감한 기획을 선보였다. 아직 초보적이었지만 많은 참석자들이 상당히 관심 있게 지켜보고 취재하던 모습이 눈에 선하다. 만화의 또 다른 플랫폼이자 미래 발전상으로 주목을 받은 것이다. 우리가 세계적으로 '웹툰'이라는 장르를 처음으로 만들어내고 만화의 다양성과 역동성을 이끄는 국가로 부상하고 있는 것은 이러한 노력과 시도가 밑바탕이 되었을 것이라는 생각이다. 2013년에 한국은 두 번째로 앙굴렘 페스티벌의 주빈국으로 선정되는 영광을 안았다.

화려한 레드카펫의 축제, 영화세상의 고민

영화를 싫어하는 사람이 있을까? 누구나 좋아하는 영화는 많은 문화예술 장르 중에서 독특하다. 혼자여도 괜찮고 여럿이 즐겨도 좋다. 집안이든 영화관에서든 손쉽게 감상할 수 있어 관객층이 폭넓고 다양하다. 어린아이부터 노년층까지 취향이 다른 사람이 모두 만족할 수 있다.

영화가 특히 흥미로운 것은 예술과 산업의 경계를 넘나든다는 점에서 그렇다. 베냐민(W.Benjamin)이 언급한 '기술복제시대'의 총아로 19세기 말 등장한 영화의 예술적 성취도와 작가주의 정신은 여느 분야에 비하여 뒤지지 않는다. 장르적 명예와 자존심은 매우 높은 편이다. 영화는 한편으로 산업의 논리와 구조가 뒷받침되어야 생산과 유통, 소비가 적절히 이루어질 수 있다. 영화는 또한 예술성이나 작품성과 함께 관객의 인기와 호응을 동시에 추구한다. 작품의 완성도와 대중성이라는 두 마리 토끼를 노리는 것이다. 영화 자체가 높은 평가를 받고 아울러 관객 동원에도 성공한다면 더할 나위 없이 좋을 것이다.

영화가 가진 이 같은 양면적 특성이 잘 드러나는 자리가 바로 영화제다. 영화제는 영화를 매개로 한 축제의 현장이다. 거기에는 화려한 레드카펫과 하늘의 별과 같이 빛나는 영화계의 수많은 스타, 사람들의 꿈과 상상을 자극하는 영화들의 향연, 그리고 우리를 사로잡는 어떤 말할 수 없는 설렘과 흥분이 있다. 한편으로 영화산업을 움직이는 거물들의 움직임이 분주해지는 곳이기도 하다. 좋은 영화를 팔고 사기 위한 시장이 형성되어 거래가 일어나고 투자가 이루어지는 것이다.

한국영화 진흥 업무를 맡았던 적이 있다. 1992년부터 2년여의 기간이다. 한국영화의 시대적 변화기를 보면 1990년대는 격변의 시기가 아닌가 싶다. 1993년에 한국영화 최초로 100만 명을 돌파한 영화가 있었으니 바로 〈서편제〉였다. 외국 영화의 경우 〈사랑과 영혼〉, 〈원초적 본능〉, 〈쥐라기〉, 〈클리프 행어〉 같은 영화가 100만 명을 넘었던 때다. 지금은 1,000만 명 넘는 영화가 종종 나오는 시대이니, 100만 명은 호랑이 담배 먹던 시절의 이야기 같다. 하지만 그때는 멀티플렉스 개념이 없었다. 극장의 전산망도 완비되지 않았다. 극장이라면 오직 1개의 스크린만 있던 시절이었다. 전국 각 지역에서 동시 개봉한다고 해도 할리우드 블록버스터처럼 흥행이 예상되는 몇 편의 영화에 한정된 얘기였다. 서편제는 종로 3가의 단성사가 개봉관이었다. 100만 명은 다른 8개 극장과 함께 무려 1년 4개월여(484일) 동안 거북이처럼 꾸준히 상영하여 기록한 관객 숫자다.[1] 지금 생각해보면 여러 가지로 놀랄 만하다. 이즈음 한국 영화계에는 젊은 인재들이 대거 유입되기 시작하였다. 이들이 참신한 주제와 기법으로 새 바람을 일으킨 이른바 '기획영화'의 시대가 도래한다. 김의석 감독의 〈결혼 이야기〉가 50만 명을 넘었다. 〈미스터 맘마〉, 〈그 여자 그 남자〉, 〈투캅스〉 등 젊은 세대의 생활상을 주제로 삼거나 코믹하고 사회 비판적인 영화가 주목을 끌었다.

한국영화의 해외 진출도 활발하게 이루어졌다. 해외 유수의 영화제에

---

1) 참고로 한국 영화 최고 흥행을 기록한 〈명량〉의 경우, 1,587개 상영관에서 1,761만 명을 기록하였다. 개봉 첫날 벌써 70만 명이 영화관을 찾았고, 개봉 10일 만에 무려 867만 명을 돌파하였다. (영화진흥위원회 자료)

25
FESTIVAL
CINEMA DE
GIRONA
SETEMBRE
MEDIA

출품하거나 수상하는 우리 영화가 늘어났다. 한국영화제도 해외 여러 나라에서 열렸다. 당시 흥미로운 자료를 볼 수 있는데, '해외 주요 영화제 포상 운영기준(1993.6.28. 기준)' 이다. 당시 영화진흥과에 근무하던 직원들이 함께 집필한 영화 정책에 관한 책에 담겨 있다. 해외 영화제를 A, B 두 등급으로 구분하고, 수상할 경우 각 등급에 따른 적절한 포상금을 지급하는 것이다. A급 영화제(7)는 칸, 베니스, 베를린, 아카데미, 모스크바, 몬트리올, 도쿄영화제, B급 영화제(7)는 로카르노, 카를로비바리, 산 세바스찬, 카이로, 낭트, 시카고, 하와이 영화제로 분류되어 있다. 이 14개 영화제에서 수상하게 되면 등급과 부문에 따라 최고 3억 원에 이르는 포상금을 지급한다. A급 영화제의 면면을 현재 시점에서 보면 눈에 띄는 변화를 느낄 수 있다. 4대 영화제의 명성과 인지도는 여전하지만, 모스크바, 몬트리올, 도쿄영화제는 예전 같지 않다. 지금은 모두 지원 대상에서 C급 영화제로 조정되었다. 포상금은 아예 없어지고 영화제 참가비 일부 지원이나 '한국영화의 밤' 개최 같은 다른 형태의 지원으로 바뀌었다.

우리가 한때 동경하던 〈도쿄영화제〉가 예전의 명성을 잃고 평범한(?) 영화제에 머물게 된 것은 미묘한 느낌을 갖게 한다. '영원한 승자' 는 없다는 진리를 다시금 되새기게 된다. 반면 1996년에 시작한 〈부산영화제〉는 짧은 기간 내에 괄목할 만한 인기와 세계적인 위상을 확보하였다.

이제는 아시아를 대표하는 영화제로 성장하였는데 참으로 뿌듯한 느낌이 든다.

북한에도 국제영화제가 열리고 있어 눈길을 끈다. 영국의 일간지 가디언은 2016년 9월 1일 자 기사를 통해 '은자의 나라' 인 북한에서 수많은 제약 속에서도 〈평양 국제영화축전〉이 9월 16일부터 23일까지 개최된다고 소개하였다. 레드카펫이나 스타도 없이 유명 배우도 관객들과 함께 걸어서 입장하고 특별대우가 없다고 한다. 북한에서 열리는 유일한 이 국제영화제는 영화광이던 김정일 국방위원장이 1987년 만들어 시작되었다. 이름은 국제영화제지만 외국영화는 많지 않고 외국인 관람객의 참여도 제한적이다. 2002년부터 공동주최 형식으로 참여 중인 중국의 북한 전문 여행사인 고려여행사가 고가의 영화제 투어 상품을 내놓는데, 외국인 10명만 방문이 가능하다. 볼거리가 부족한 북한 주민들의 관심과 호응도는 뜨겁다. 관람 태도는 소란스럽고 러브신이 나오면 괴성을 질러댄다고 한다. 정치적인 이슈나 갈등을 다룬 영화는 철저히 통제되고 로맨스나 드라마, 스포츠 영화가 인기가 높다. 조용하고 폐쇄적인 나라에서 열리는 기묘한 영화 축제가 자못 흥미롭다.

두 편의 영화가 기억난다. 한국영화와 해외 진출이라는 문제와 관련해서다. 충무로의 대표적인 시나리오 작가 출신 윤삼육 감독의 〈살어리

랏다〉라는 영화가 있다. 백정 촌의 망나니와 몰락한 양반집 규수의 비극적 사랑을 그린 1993년 영화다. 애절한 러브스토리 속에 조선 시대 신분제의 모순을 고발한 수작이다. 개성파 배우 이덕화가 강렬한 연기로 제18회 모스크바 영화제에서 남우주연상을 받았다. 규정에 따라 포상금을 지급하고 영화인들을 초청하여 성대한 축하연도 열었다. 잔치는 열었지만, 영화는 조금 찜찜한 데가 있다. 하루하루 생계를 연명하는 하층민들의 밑바닥 삶을 리얼하게 보여주기 때문이다. 화면은 어둡고 때로 장면은 끔찍하다. 2001년 김기덕 감독의 〈수취인 불명〉은 이른바 문제적 영화다. 1970년대 미군 기지촌을 배경으로 각기 다른 인물들의 뒤틀리는 삶의 이야기가 적나라하게 그려진다. 등장인물 대부분은 시대의 외로운 아웃사이더들이다. 여기서 주인공인 혼혈아 창국(양동근분)의 직업은 개를 잡는 일이다. 개를 거꾸로 매다는 장면도 나온다. 과격하고 엽기적인 감독 특유의 스타일 때문에 영화는 다소 불편하다. 국내 흥행은 저조하였으나 이 작품이 해외 한국영화제의 출품작으로 초청을 받은 일이 있었다.

영화를 어떻게 볼 것인가? 단지 예술 작품의 하나인가? 아니면 우리의 이미지를 결정하는 일종의 거울일 수 있는가? 2000년 이전까지만 해도 우리의 문화적 성숙도와 자존감은 그리 높지 않았다. 국제 사회에서 국력의 신장에 걸맞을 만큼 평판과 이미지를 인정받지 못하였다. 재외 공관과 문화원에서는 주재국 국민과 유력 인사들을 대상으로 많은 행사와 문화 프로그램을 운영한다. 모두 우리의 국가 위상과 문화적 우수성을 알리기 위한 것이다. 그중에서도 '한국영화제'는 가장 인기 있는 프로그램으로 꼽힌다. 비교적 적은 예산과 인력으로 일정한 성과를 기대할 수 있기 때문이다.

영화는 누구나 좋아하고 손쉽게 접할 수 있다. 다양한 장르와 스타일의 영화들은 한국을 이해하는 데 도움이 된다. 대중들의 흥미와 전문가들의 관심을 동시에 끌 수도 있다. 해외에서 아직 우리를 잘 모를 때 가능하면 보다 좋은 모습, 바람직한 이미지를 보여주고 싶은 것이 일반적이다. 너무 리얼하여 때로 숨기고 싶은 모습이 있을 수 있다. 특히 그것이 국가 정책적으로 다루어지는 경우 그럴 수 있다. 영화가 단지 예술작품의 하나로 향유될 때와 문화외교의 하나로 다루어질 때 생기는 충돌이나 갈등상황이라고 할 수 있다.

지금은 이러한 결정과 판단에 훨씬 여유가 생겼다. 국가적인 위상과 자존심이 한층 높아졌기 때문이다. 우리나라는 경제 발전뿐만 아니라 문화 측면에서도 많은 주목과 선망을 받고 있다. 한류가 대표적이다. 국력과 문화적 자존심은 함께 간다는 것을 실감한다.

홍대, 월드뮤직, EDM

2015년 2월 27일 금요일 어둠이 내린 저녁, 홍대 일대는 의미심장한 기운과 에너지가 넘치고 있었다. 2000년대 초입부터 매달 마지막 금요일만 되면 홍대 일대를 주름잡았던 〈라이브 클럽 데이〉가 부활하였기 때문이다. 2011년 1월 마지막 인사를 나눈 뒤 꼬박 4년 만이었다. '라클데' 로 줄여 부르기도 하는 이 날은 한 달에 한 번 꼴로 열리는 홍대의 간판 음악 축제다. 입장권(팔찌)을 구매하면 이 행사에 참가하는 10군데 이상 클럽과 공연장에 자유롭게 출입할 수 있는데, 다양한 색깔을 뿜어내는 밴드의 라이브 공연이 진행된다.

최근 몇 년 사이 홍대 주변의 거리는 큰 변화를 겪고 있다. 임대료 상승과 상업 자본화 경향은 갈수록 기승을 부리는 상황이다. 클럽으로 대표되는 비주류 인디 음악과 언더 문화의 설 자리가 사라지면서, 이들의 본거지는 주변 지역으로 조금씩 밀려나고 있다. 한때 젊고 가난한 예술가 지망생들의 아지트였던 홍대 거리는 술집과 음식점, 노래방 등 특색 없는 소비문화의 집결지로 급격히 퇴색하고 있는 실정이다.

반면에 이를 살리려는 의미 있는 움직임도 곳곳에서 일어나고 있다. 인디 뮤지션들이 뭉치는 가장 큰 축제인 〈잔다리 페스타〉는 2016년에

5주년을 맞았다. 오래전 마포구 서교동, '홍대'로 통칭하는 지역 인근은 작은 다리 서쪽에 있다 하여 '아랫 잔다리'라 불렀다. 여기서 이름을 따온 〈잔다리 페스타〉는 홍대 인근의 클럽에서 활동하는 국내 뮤지션들뿐만 아니라 해외 참가자들까지 160여 팀이 함께 하여 국내 최대 규모로 성장하였다. 해외 음원 판매를 위한 쇼케이스 역할도 하는 중이다. 한국의 숨겨진 원석을 탐색하기 위하여 30여 개국에서 레코드 레이블 관계자, 에이전트, 페스티벌 기획자 등이 찾아왔다고 한다.

정부와 음악산업계도 힘을 모으고 있다. 문화체육관광부 산하의 한국콘텐츠진흥원은 2012년부터 〈서울국제뮤직페어(이하 뮤콘)〉를 개최하여 해외의 유명 제작자, 기획자 등 관계자들을 한국으로 불러오고 있다. 뮤콘은 국내외 전문가들의 노하우와 네트워크를 공유하고 국내 뮤지션들의 해외 진출을 활성화할 뿐만 아니라 음악 산업 비즈니스를 북돋고 있다. 콘퍼런스와 콘서트, 라운드&비즈 매칭 등의 프로그램을 진행한다. 뮤콘을 통해 국내 뮤지션들이 해외의 프로듀서와 함께 작업하거나 해외 공연을 하게 되는 사례는 더욱 늘어났다. 또한 한국콘텐츠진흥원은 미국 텍사스 주에서 열린 세계적인 음악 축제인 〈사우스바이사우스웨스트(SXSW) 페스티벌〉에서 '코리아 나이트' 프로그램을 별도 운영하면서 케이팝과 밴드 음악에 초점을 맞춰 국내 뮤지션들의 해외 진출을 지원하고 있다.

울산광역시는 이 분야의 강자다. 태화강변 대공원에서는 매년 유서 깊은 〈처용문화제〉가 열린다. 2016년에 50회째다. 이 문화제의 일환으로 개최한 〈월드뮤직 페스티벌〉도 벌써 10주년을 맞이하였다. 2016년에는 독일, 스페인, 프랑스 등 유럽과 중국, 팔레스타인 등 아시아까지 다양한 문화권에서 참가하여, 각 민족의 전통음악부터 현대음악까지 문화 교류와 융합의 축제를 펼쳤다. '월드뮤직(World music)' 은 국내 대중문화 속에서도 종종 등장하는, 요즘은 낯설지 않은 단어다. 직역하여 '세계 음악' 이라고 하지 않는 것은 '영미권 시각에서' 세계 각지의 토착성이 드러나는 특유의 대중음악, 혹은 현대화된 민속음악을 가리키는 말이기 때문이다. 즉 팝, R&B, 힙합, 재즈 등은 각각의 고유한 장르로 존재하고, 그 외 국가의 음악들은 '월드뮤직' 으로 불리는 것이다. 프랑스의 샹송, 이탈리아의 칸초네, 포르투갈의 파두 등부터 아프리카나 중동, 남미, 아시아의 고유한 전통음악까지 레퍼토리는 다양하다. 우리나라의 국악도 최근 들어 관심의 대상이 되고 있다. 용어로 보면 음악 세계의 주류와 비주류를 가르는 씁쓸한 면이 있지만, 이미 세계적인 표준으로 통용되는 것이 현실이다.

〈울산월드뮤직페스티벌〉의 '에이팜(APaMM, Asia Pacific Music Meeting)' 도 갈수록 주목받고 있다. 영향력 있는 전문가 초청과 끈끈한 분위기로 한국 대중음악의 해외 진출과 내실 있는 네트워킹을 도모

하는 중이다. 에이팜은 2012년에 한국 최초의 뮤직마켓을 표방하며 시작되었다. 쇼케이스, 국제회의, 아이디얼 매칭, 네트워크 파티, 부스 전시 및 비즈니스 라운지 등 다섯 가지의 프로그램을 운영하면서 국내외 음악 산업 관계자들의 신뢰를 쌓아왔다. 최근 해외시장에서 단연 두각을 나타내고 있는 크로스오버 밴드 잠비나이의 성공은 이러한 지원 프로그램과 네트워킹에 힘입은 바가 크다.

매년 여름에는 광주에 있는 국립아시아문화전당(ACC, Asia Culture Center)에서 〈ACC 월드뮤직 페스티벌〉을 연다. 2016년에는 10개국 13개 팀과 12개의 아마추어 밴드가 참여한 월드뮤직 특화 페스티벌이다. 기록적인 폭염에도 불구하고 2만여 명의 관객이 몰려 대성황을 이루었다. 중앙아시아의 음악과 최신 펑크 록 등을 결합한 퓨전뮤직, 말레이시아의 타악기연주 그룹, 프랑스의 집시음악 오케스트라, 유명한 국내 뮤지션인 하림과 보컬 호란 등이 큰 인기를 끌며 무대와 객석을 뜨겁게 달구었다.

2001년에 시작한 〈전주 세계 소리 축제〉는 우리의 전통음악과 월드뮤직이 어우러지는 행사다. 우리의 전통 판소리에 근간을 두고 세계 음악과의 벽을 허무는 것을 목표로 매년 10월 한국 소리문화의 전당과 전주 한옥마을 일대에서 열린다. 축제에서는 특정 음악 장르에 치우치지 않고 누구나 참여할 수 있는 프린지에서부터 각 분야별로 세계적인 명성을 얻고 있는 마스터급 아티스트 공연까지 다양한 공연이 진행된다.

대중적인 장르의 음악 페스티벌은 최근 더욱 다양하게 열리고 있다. 록 페스티벌에서 시작된 음악 페스티벌이 이제는 그 대상과 영역을 폭넓게 확대하고 있는 것이다. 록 페스티벌 외에도 재즈와 EDM(Electronic Dance Music), 힙합 페스티벌, 규모가 작은 인디 음악 축제, 축제와 클럽문화가 결합한 음악 페스티벌, 지역이라는 특수성과 축제가 결합한 음악 페스티벌 등 다양한 음악 축제가 개최되고 있다. 록 페스티벌은 양적으로 비대해졌지만 동시에 구조조정도 진행 중이다. 세계적인 밴드와 뮤지션들이 관객의 수준을 높여주고 록 페스티벌의 인기와 흥행에 큰 공헌을 한 것은 사실이다. 하지만 출연료가 높아 행사 주최 측에 큰 부담이 되고 있다.

EDM은 최근 몇 년 사이에 전 세계에서 가장 뜨거운 음악으로 떠오르고 있다. 각종 차트에서는 아직 비주류 음악이다. 하지만 20대 젊은 층에게는 주류 음악 이상에 버금갈 만큼 큰 영향력을 행사한다. 국내뿐 아니라 세계적인 현상이다. 이 장르는 오프라인과 결합할 때 특히 강렬한 성격을 발휘한다. EDM은 이제 대도시 유명 클럽은 물론이고, 대형 음악 페스티벌, 각종 지자체 행사, 계절별 이벤트, 기업들의 신제품

발표회 등 여러 행사마다 빼놓을 수 없는 소재가 되었다. 젊은 관객 유치에 필수적인 요소이기 때문이다. 2016년 10월 55년째를 맞는 제주의 대표 축제인 〈탐라문화제〉의 경우 이색적인 사전행사를 8월에 열었다. 국내의 유명 EDM 뮤지션과 함께하는 흥겨운 특설무대를 마련한 것이다. 제주의 전통 문화 축제가 적극적인 젊은 층 껴안기를 시도한 사례다.

EDM 원산지인 유럽에서 페스티벌의 열기는 상상 이상이다. 독일 뒤스부르크에서 2010년 열린 EDM 계열의 행사인 〈러브 퍼레이드〉가 일으켰던 사건은 EDM의 위용을 직간접적으로 보여준다. 당시 행사에 무려 140만 명이 몰려들면서 19명이 사망하고 342명이 다치는 사고가 일어난 것이다. 결국 이 사고를 기점으로 행사는 중단되고 만다. 매년 10월에 네덜란드는 세계적인 EDM 페스티벌을 연다. 평균 30여만 명이 모이는 〈암스테르담 뮤직 페스티벌〉이다. 관객들에게는 일정량의 엑스터시, 대마초 등이 허용된다고 하는 낯선(?) 행사이기도 하다.

규모만 놓고 본다면 국내도 이에 뒤지지 않는다. 이미 4년 이상 국내에서 행사를 벌여온 〈울트라 뮤직 페스티벌(UMF)〉을 비롯해, 〈글로벌 게더링 코리아(GGK)〉, 〈하이네켄 스타디움〉 등 행사가 이어진다. 기본 3만 명에서 10만 명대의 관객을 겨냥하고 있다. 케이팝계를 이끄는 대형 아이돌 기획사들의 행보도 주목을 끈다. SM엔터테인먼트와 YG엔터테인먼트에서 EDM 레이블 설립, 국내에서 대규모 EDM 페스티벌 개최, 해외 업체와 협력 제휴 등 사업계획을 발표하고 EDM의 대중화에 박차를 가하고 있다. EDM이 그만큼 젊은 세대들이 주도하는 전 세계적인 흐름이기 때문일 것이다.

비상하라 대한민국

세 번째 키워드: 스포츠 – 예측불허의 짜릿한 순간들

올림픽, 스포츠 축제의 하이라이트

스포츠는 흔히 '각본 없는 드라마'라고 한다. 그만큼 예측할 수 없고 변화무쌍하다. 축제의 즉흥성이나 일탈성과도 맥락이 잘 닿아 있다. 사람들을 몰입하게 하고 흥분과 쾌감을 극대화한다는 점에서 스포츠와 축제는 일맥상통한다. 이는 또한 우리 삶의 다양성과 역동성을 자극하는 활력소라고 할 수 있다.

축제로서 스포츠를 생각하면 무엇보다 올림픽이나 아시안게임, 월드컵 같은 메가 이벤트가 떠오른다. 이들은 우리 삶과 생활에서 굵직하고 의미 있는 시간의 축으로 많은 기억과 잊을 수 없는 순간을 만들어낸다. 개인의 소중한 추억이자 때로 역사의 분기점을 형성하기도 한다.

그중에서도 먼저 올림픽을 떠올리지 않을 수 없다. 바로 〈88 서울올림픽〉이다. 1986년의 아시안 게임에 이어 열린 서울올림픽은 우리나라가 국제사회에서 주목할 만한 신흥 강국으로 도약하는 중요한 계기였다. 올림픽 경기 자체만으로 보았을 때 우리는 금메달 12개로 소련, 동독, 미국에 이어 세계 4위라는 뛰어난 성적을 거두어 일약 스포츠 강국으로 부상하였다. 주최국이었지만 우리 스스로도 믿기지 않을 정도의 놀라운 성적이었다.

서울올림픽은 사실 우리에게 국가적인 역량이 모두 결집된 행사였다. 올림픽이 단순한 스포츠 경기가 아니라 국가의 위상과 능력을 종합적으로 보여주는 토털 이벤트라는 것은 주지의 사실이다. 서울올림픽뿐만 아니라 모든 메가 이벤트에는 치밀한 사전 준비와 빈틈없는 행사 진행이 필수적이다. 큰 행사를 치르면서 외부로부터 많은 손님을 받다 보면 행사 과정의 거의 모든 부분이 노출된다. 자연스럽게 그 나라가 돌아가는 모든 인적•물적 역량과 시스템도 고스란히 드러나게 마련이다. 따라서 대회의 성공은 그런 큰 행사를 문제없이 치를 만한 실제적인 능력이 반드시 뒷받침되어야 가능하다. 서울올림픽의 성공적인 개최는 우리의 국제적 위상을 한층 드높이고 유형무형의 다양한 성과로 이어졌다는 분석이다. 일본이 1964년 도쿄올림픽을 계기로 국가적인 도약을 이룬 것과 비교해볼 때 우리 또한 국제사회에서 괄목할 만한 중견 강국의 이미지와 위상을 확보하였다는 긍지와 자부심이 넘쳤다. 한•일 양국이 비록 20년 차이가 있었지만 국가 발전과 대외 위상 확보에 있어 올림픽이 중요한 전기가 되었다는 점은 분명하다.

올림픽을 비롯한 메가 이벤트를 유치하려는 움직임은 여전히 치열하다. 여기에는 나라와 도시를 떠나 이런 이벤트를 통해 국제적인 주목을 받고 인지도를 높이는 한편, 경제와 관광, 산업의 활성화 등 다양한 목적과 이유가 깔려 있다. '올림픽 경제학' 측면에서 볼 때 올림픽을 개최하는 것이 과연 경제적으로 얼마나 이득인지에 대해서는 논란이 많다. 올림픽을 개최하기 위해서는 교통망과 숙박시설, 경기장 건립 등에 막대한 비용이 들기 때문이다. 하지만 대회 개최에 따른 경제적 효과는 예상에 크게 못 미친다는 것이 중론이다. 단 2주간의 올림픽을 위해 이만한 투자가 필요한지 회의적이라는 비판이 제기될 수 있다. 1984년 LA 올림픽만 기존 시설을 대부분 재활용해 유일하게 흑자를 기록했을 뿐 대다수 올림픽은 막대한 적자를 남겼다는 지적도 있다. 2018년 평창올림픽을 앞두고 "평창은 나가노가 될 것인가, 아니면 솔트

레이크가 될 것인가?" 라고 반문하는 이들도 있다. 나가노는 12조 원 규모의 지방채를 발행하여 역대 최악의 적자 올림픽이라는 오명을 안고 있다. 반면, 인구 19만여 명인 솔트레이크는 올림픽 사후 경기장 활용의 모범사례로 꼽히며 스포츠 레저 관광도시로 재탄생하였다.

올림픽은 지구촌 최대의 축제다. 올림픽 개최는 경제적인 관점에서 신중한 접근과 치밀한 전략 마련이 필요하다. 유치와 개최, 사후 관리 등 올림픽의 성공적인 경영을 위해서는 투자 효과 분석이나 효율적인 운영대책이 전제되어야 한다. 그러나 축제를 단기적으로 제시되는 숫자와 통계적 관점으로만 보는 것은 바람직하지 않다는 생각이다. 올림픽과 같은 메가 이벤트는 장기적이고 역사적인 관점에서 보다 길게 생각할 필요가 있다. 국가나 도시의 발전, 공동체의 결속과 화합, 사회적 편익과 공공성의 증진 등 지금까지 인류의 생활과 역사에 기여해 온 혜택과 장점이 많기 때문이다. 리우올림픽에서는 나라와 고향을 잃은 난민대표가 출전함으로써 스포츠를 통해 전 인류의 마음이 하나로 연결되는 뭉클한 순간을 보여주었다. 올림픽을 통해 얻을 수 있는 잠재적이고 현실적인 실익도 다양하다. 실제로 메가 이벤트 유치는 교통망과 도시 기반시설 등 인프라의 구축을 통해 주민들 삶의 질을 향상시킬 수 있다. 이는 결국 도시의 이미지와 생활 여건을 크게 개선함으로써 외부로부터 방문자와 관광객을 지속적으로 끌어들일 수 있는 매력 포인트가 된다.

중요한 것은 비용을 최소화하면서 기회와 편익은 극대화하는 것이다. 물량과 외형에 치우치지 말고 반드시 장기적 관점에서 실속 있는 행사를 운영해야 한다. 경기장을 건설하더라도 기존 시설을 최대한 이용하고 효율적인 사후 활용도 치밀하게 검토하여야 한다. 이는 특히 2018년 2월의 평창올림픽에 꼭 필요한 관점이 아닐까 싶다. 그리고 메가 이벤트라는 축제는 사람들의 몰입과 혼연일체의 순간을 만들어내는 것이 필요하다. 모든 사람이 공감할 수 있는 보편적이고 역사적인 의미가 담겨있다면 더욱 좋을 것이다. 미리 짜놓은 각본이 있을 수 없는 스포츠야말로 축제의 성격이 가장 빛나는 우리들의 진정한 모습이 아닐까?

런던의 박물관에서 비빔밥을!

올림픽은 원래 문화예술과 스포츠가 함께 한 행사다. 역사적으로는 기원전 776년부터 기원후 393년까지 4년마다 그리스 도시국가인 '폴리스'의 제전경기로 열린 것이 고대 올림픽이다. 각 폴리스에서는 자신의 도시를 수호하는 신을 위한 제사를 치르면서 동시에 신을 경배하기 위한 여러 운동경기를 하였다. 이런 경기 중에서 규모가 가장 큰 올림피아에서 열린 경기가 지금의 올림픽으로 발전한 것이다. 승자에게는 월계관이 수여되었고, 시인 예술가들이 참여하는 문화행사도 함께 진행되었다. 경기 전후 3개월간은 전쟁 중에도 잠시 휴전할 정도로 평화적인 축제의 역할을 하였다. 2016년 8월에 열린 브라질의 리우 올림픽 때도 유엔에서 이런 제안이 있었다. 올림픽에 앞서 반기문 사무총장은 "리우 올림픽 개막 1주일 전부터 장애인 올림픽 폐막 1주일 후까지 '올림픽 휴전 기간(Olympic Truce)'으로 선포한다"며 "전쟁을 벌이고 있는 모든 당사자가 무기를 내려놓도록 압박하자"고 언급한 바 있다. 요즘은 물론 그 실효성을 생각하기 어려운 것이 현실이다.

근대 올림픽은 보불전쟁 후 황폐해진 국제관계의 회복을 위해 프랑스의 남작 쿠베르탱(1863~1937)의 노력으로 1896년 아테네에서 부활하였다. 1908년 4회 런던 대회부터 국제적 면모로 참가 규모가 확대되었다. 오늘날 올림픽은 심신조화라는 인간의 이상, 스포츠를 통한 선의의 경쟁과 협력, 세계의 평화와 번영, 그리고 국력 과시의 장으로서 세계적인 메가 이벤트 기능을 다하고 있다.

올림픽은 세계 최고의 기량을 가진 선수들이 4년간 닦은 실력을 겨루는 경기대회다. 선의의 경쟁이지만 치열한 승부와 순위 다툼이 있다. 매 경기 막상막하의 실력 속에서 역전을 거듭하는 시소게임이 전개되기도 한다. 거기에는 짜릿한 긴장과 흥분이 흐른다. 마침내 승부가 끝났을 때는 승리의 카타르시스나 아쉬움 가득한 탄식이 교차하기도 한다. 하지만 올림픽이 열리면 지구촌의 대다수 사람이 첫 번째 관심사로 꼽는 것은 개·폐막식이다. 이념의 장벽을 넘어 올림픽이란 스페셜 이벤트가 구현하고자 하는 인류의 숭고한 정신과 비전이 담겨 있기 때문이다. 개·폐막식 행사는 올림픽에 출전하는 선수 임원과 이를 지켜보는 지구촌 모든 사람이 함께하는 축제의 최고 이벤트라고 할 수 있다. 따라서 올림픽을 개최하는 나라는 이 행사의 성공에 자국의 모든 능력을 집중한다. 개최국의 고유한 특성과 정체성을 최대한 부각하면서도 인류가 공통으로 추구하는 미래 지향적인 비전을 제시하는 것이 개·폐막식의 기본 미션이다.

개·폐막식의 총연출은 보통 그 나라의 문화적 역량을 대표하는 간판 스타가 나선다. 최근 경향을 보면 주로 영화감독들이 지명을 받고 있어 눈길을 끈다. 리우 올림픽은 페르난도 메이렐레스 감독이었다. 2002년 현란한 구성과 탁월한 스토리텔링, 역동적인 스타일로 평단의 극찬을 받은 작품 〈시티 오브 갓〉을 연출한 감독이다. 런던올림픽은 〈슬럼독 밀리어네어〉, 〈트레인스포팅〉 등의 데니 보일 감독이, 베이징올림픽은 유명한 장이머우 감독이 맡았다. 소치 동계올림픽의 경우도 〈나이트 워치〉의 콘스탄틴 에른스트 감독이었다. 이처럼 영화감독들이 인기를

끄는 것은 한 편의 영화처럼 꿈과 상상력이 넘치는 지상 최고의 무대를 만들라는 메시지가 아닌가 싶다.

올림픽 개막은 대개 화려하고 웅장한 스타일이 일반적이었다. 개최 도시가 자국의 전통과 역사, 문화와 경제력을 전 세계 9억 명의 시청자들 앞에 뽐낼 수 있는 무대이기 때문이다. 하지만 브라질은 '소박한 아날로그 스타일'을 선보였다. 정치적인 불안과 경제난으로 인해 예산이 대폭 삭감된 것도 이유였다. 실제로 올림픽과 패럴림픽 개·폐회식 등 4개 행사에 들어가는 총비용은 당초 계획에서 절반 정도로 줄어든 5,600만 달러(약 625억 원) 정도로 알려졌다. 런던 올림픽 때의 12분의 1, 베이징에 비하면 20분의 1 수준에 불과하다는 지적이다. 메이렐레스 감독은 "2004년 아테네는 서구 문명의 발상지, 2008년 베이징은 종이를 처음 만든 국가, 2012년 런던은 산업 혁명과 인터넷 시대의 도래 등으로 세상을 향해 '나'를 외쳤다면 이번 대회에서는 '우리'를 이야기하고 싶다"고 언급하였다. 리우는 브라질의 역사와 전통문화, 자연환경 보호와 인류의 미래를 제시하면서 인간미가 넘치는 창의적인 개막식을 연출하였다. 폐막식 또한 비싼 특수효과 대신 모든 사람이 함께 어우러지는 흥겨운 카니발의 분위기를 유감없이 보여주었다. 브라질 문화의 개방성과 다양성을 잘 표현하였다는 평가다.

올림픽이 열리면 경기에 출전하는 운동선수와 이를 뒷바라지하는 스태프가 바빠지지만, 문화예술 분야도 예외는 아니다. 세계적인 잔치와 축제의 무대에 문화예술이 함께 하는 것은 당연지사가 아닌가? 이는 물론 고대 올림픽의 근본정신과도 맞닿아 있다. 올림픽 개최 국가는 이른바 '문화 올림피아드'로 여러 가지 문화예술행사를 준비한다. 이와 별도로 참여국들은 이런 문화 올림피아드에 자국의 문화프로그램과 예술가들이 최대한 참여할 수 있도록 미리 협의한다. 개최국가의 공식 비공식 프로그램에 포함되지 못하는 경우에는 별도로 자국 문화 소개의 기회를 얻기 위하여 노력하기도 한다.

2012년 런던 올림픽이 열렸을 때 문화행사 진행과 관련하여 런던 현지에 출장을 갈 기회가 있었다. 4년마다 열리는 올림픽이지만 런던 올림픽은 문화 측면에서 우리에게는 상당히 특별한 기회였다. 여느 올림픽과 비교해볼 때 우리 문화를 훨씬 다양하고 풍성하게 소개할 수 있었기 때문이다. 이는 오랜 준비과정, 현지와 긴밀한 네트워크, 우리의 높아진 국가적 위상 등이 한데 어우러진 결과였다. 현지에서 행사를 주관한 기관은 정부에서 운영하는 한국문화원이었다. 재외 한국문화원은 2008년 12개에 불과하였으나 현재 30여 개에 이른다. 런던 한국문화원은 2008년에 개관하여 트라팔가 광장 근처에 별도의 건물과 인력, 예산을 가지고 한국문화를 주재국에 소개하는 다양한 역할과 사업을 담당하고 있다.

런던 올림픽의 한국 문화 축제는 '오색찬란 – All Eyes on Korea' 라는 주제로 공연, 전시, 영화, 패션쇼, 강연 등으로 다채롭게 구성되었다. 모두 현지의 유수한 기관과 오랜 협력관계를 거쳐 성사된 프로그램이었다. 여기에는 물론 한국의 문화예술과 예술가를 괄목상대한 현지 기관과 전문가들의 달라진 인식과 평가가 깔려 있었다. 조수미와 사라장의 클래식부터 이자람의 판소리까지 다양한 레퍼토리의 공연이 펼쳐졌다. 최정화, 김범, 신미경 등 작가들의 전시는 런던 시내 여기저기서 열렸다. 사치 갤러리에서는 'Korean Eye' 라는 제목으로 한국의 현대미술 작가 34명을 집중 조명하는 전시를 갤러리 전관에서 열기도 하였다.

런던 올림픽 한국 문화 축제를 빛낸 하이라이트 행사는 한복 패션쇼와 비빔밥 리셉션이 아닌가 싶다. '단청' 을 소재로 한 이상봉 씨의 패션쇼가 열렸고 이어서 한식과 비빔밥 리셉션이 진행되었다. 초대받은 런던 올림픽의 많은 VIP가 맛깔스러운 우리 비빔밥에 찬사와 탄성을 아끼지 않았다. 2012년 7월 30일 저녁 런던의 유서 깊은 빅토리아 & 앨버트 뮤지엄(V&A Museum)에서였다. V&A는 1851년 런던 만국박람회의 성공적인 개최 이후 그 수익금으로 건립한 박물관이다. 참으로 감개무량한 순간이 아닐 수 없었다.

Eyes
On
Korea
K-Literature
K-Music
K-Film
K-Arts
K-Food
K-Fashion
K-Classics
00
Day
estival
f
orean
ulture
Jun –
Sep
012
ebook.com/theKCCUK
thbankcentre.co.uk
office: 0844 847 9910
Eyes On Korea is part of
Events
As part of the g
celebrations, th
Cultural Centre
All Eyes On Kor
Festival at leadi
across London.
K-Arts
Hayward Galler
15 Jun, 19.00
"From Me, Belongs
Lee Bul in Wide C
1 Jun–9 Sep
"Time After Time "/
Choi Jeong Hwa
Outdoor Installatio
17 Jul–2 Sep
"School of Inversio
Project Space
Kim Beom Solo E
K-Music
Queen Elizabeth
Southbank Centr
23 Jul, 19.30
Be-being presen
"Yi-myun-gong-jak"
30 Jul, 19.30
Pansori Project Z
Pansori Brecht "Sa
Purcell Room
at Queen Elizabe
Southbank Centr
28 Jul, 19.45
GongMyoung pr
"Walkabout"
29 Jul, 19.45
Baramgot 's "Kore
Ensemble"
K-Classic
Royal Festival H
Southbank Centr
31 Jul, 19.30
"Shining K-Class
An evening of class
Sarah Chang and

스포츠와 문화예술은 함께 할수록 더 큰 시너지효과를 낼 수 있다. 올림픽이나 월드컵, 아시안 게임, 유니버시아드 대회는 말할 것도 없고 육상, 수영 등 경기 종목별 세계대회 같은 메가 이벤트가 모두 마찬가지다. 평창 동계올림픽과 광주 세계수영대회 등 국내에서 열리는 세계적인 스포츠 행사가 우리의 역량과 문화적 우수성을 널리 소개하는 의미 있는 기회가 되었으면 한다.

축구와 월드컵, 우리 생애 최고의 거리 축제

축구는 스포츠 중에서 가장 단순한 경기로 꼽힌다. 공 하나만 있으면 언제 어디서나 즐길 수 있기 때문이다. 다른 경기에 비해 규칙도 비교적 단순하다. 몰입과 집중, 흥분과 환호는 여느 스포츠가 따라올 수 없을 정도로 짜릿하고 순간적이다. 플레이하는 시간이 길고 휴식 타임은 중간에 한 번뿐이다. 따라서 경기 자체가 쉼 없이 연속적으로 흐르면서 흥분과 집중도를 극대화한다. 골이 나오는 경우의 수도 적당하다. 아예 나오지 않을 수도 있지만, 10골 이상 너무 많이 나와서 흥미가 반감되는 경우도 아주 드물다. 매번 공수가 반복되면서 신사적으로(?) 진행하는 야구와는 극명하게 대조된다. 세계적으로 보았을 때 대중적인 인기와 전파력에서 야구를 축구와 비교할 수 없는 것은 이런 경기 자체의 속성과 특징에 기인한 바 클 것이다.

축구는 때로 종교적이고 주술적 성격을 띤다. 어떤 나라나 국민에게는 신앙처럼 숭배하는 종교가 되고 생명과 재산을 건 전쟁이 되기도 한다. 이처럼 사람을 미치게 하는 종목인 축구는 축제의 요소를 두루 갖추고 있다. 노동 후에 긴장을 완화하고 에너지를 폭발시키는 놀이의 측면을 닮았다. 실제 근대 축구의 역사를 보면 이런 점이 명확하게 드러난다. 1860년대 영국에서 규칙이 만들어진 근대적인 의미의 축구는 자본주의의 발달과 함께 도시로 이주한 노동자들의 놀이로 인기를 끌었다. 신흥 부르주아 계급에 의한 통제수단으로 축구가 활용되었다는 지적이 있기도 하다. 당시 근대 자본주의의 발달은 노동자의 소외, 열악한 작업환경, 급격한 도시화로 인한 주거와 생활여건의 취약 등 많은 사회문제와 계층 간 갈등 소지가 있었다. 이러한 시대적 모순과 불만은 어떻게 해결 되었을까? 노동자들의 성장과 함께 당시 예술이 상업화 대중화의 길을 걷고, 축구가 사회 인기종목으로 부상하면서 상당 부분 해소될 수 있었다는 것이다.

어쨌든 축구는 이러한 시대적 그림자와 역사적 발자취를 남기면서 지구촌의 가장 많은 사람이 사랑하는 최고의 스포츠로 성장하였다. 오늘날 스포츠 종목별로 살펴볼 때 축구는 그 규모와 인기 면에서 압도적이다. 2016년 현재 세계축구연맹(FIFA) 회원국 수는 210개에 이른다. 올림픽에 참가할 수 있는 국제올림픽위원회(IOC) 회원국(206개국),

세계 최대의 국제기구인 국제연합(UN) 회원국(193개국)보다도 많다.

월드컵은 단일 종목으로는 세계에서 가장 큰 스포츠 행사이면서 제일 먼저 탄생한 세계 선수권대회이다. 첫 번째 대회는 1930년 우루과이에서 13개국이 참가한 가운데 열렸다. 제2차 세계대전 중 12년간 중단된 것을 제외하고는 현재까지 이어져 21번째 대회가 2018년에 러시아에서 열린다. 한국은 1954년(제5회) 스위스 대회에 처음 참가하였다. 1986년 멕시코 대회부터는 매번 본선 진출에 성공하여 아시아의 축구 강국으로 존재감을 드러내고 있다. 2002년 한국과 일본에서 공동개최한 대회에서 한국은 아시아 최초로 4강에 진출하는 신화를 이룩하여 세계를 깜짝 놀라게 하였다.

축구는 언제 시작되었을까? 공을 가지고 논다든지 공을 차는 놀이 등 축구 형식의 운동은 기원전 7-6세기경부터 고대 그리스에서 시작되었다고 한다. 우리도 축구와는 빼놓을 수 없는 인연이 있다. 삼국유사에 의하면 신라 제29대 왕인 김춘추의 왕비는 김유신의 여동생인 문희였는데, 김춘추가 문희를 만나는 과정에 오늘날의 축구가 매개체였다는 대목이 나온다. 당시에는 가죽으로 싼 공을 차고 노는 '축국(蹴鞠)'이라는 공놀이가 성행하였다. 두 사람이 이 놀이를 즐기다가 김유신이 김춘추의 옷을 밟는 바람에 옷고름이 망가진다. 김유신이 자기 집으로 김춘추를 데려와 여동생인 문희에게 옷고름을 꿰매게 했는데, 이렇게 김춘추와 문희의 인연이 맺어졌다는 것이다. 축국이 언제부터 시작되었는지는 명확하지 않지만 고대 기록을 종합해보면 중국 전국시대(기원전 403 ~ 기원전 221)부터라는 설이 많다.

축구하면 우리에게는 무엇보다도 2002년 월드컵이 떠오른다. 우리는 그 시절 참으로 잊지 못할 감동과 환희의 순간을 만끽하였다. 월드컵 4강 진출이라는 사상 초유의 쾌거 앞에 온 국민은 모두 하나가 되어 흥분의 도가니 같은 벅찬 기쁨을 나누었다. 길거리 응원이라는 전대미문의 거리 축제에 우리 자신이 놀랐다. 전 세계 또한 커다란 호기심으로 우리를 주목하였다. 축구를 매개로 아무도 예상하지 못하였던 국민적 열정과 에너지가 일시에 대폭발한 것이다. 중요한 것은 이것이 모두 자발적으로 집단적으로 이루어졌다는 것이다. 단순히 스포츠를 뛰어넘는 일종의 거대한 서사이자 시대를 상징하는 신드롬으로 모든 사람에게 깊이 각인되었다. 어느 누구도 인위적으로 만들어낼 수 없는 위대한 축제의 여름이었다.

내일부터 중간고사다, 오늘 나는 경마장에 간다

1990년경 입사 초기 5년여간 하숙을 하였다. 지금은 서촌이라 불리는

현대카드
7even
조당대학교
HMC
현대캐피탈
CASS
CARNIVAL
Tige

곳, 광화문에 있던 사무실에서 가까운 필운동의 한옥이다. 사직공원과 배화여고가 근처에 있었고, 영화배우 김혜수가 그 여학교에 다니던 시절이다. 나이가 비슷하고 막 사회생활을 시작한 하숙집 동료 몇 사람은 종종 같이 어울렸는데, 휴일에는 가끔 과천의 경마장에 갔다. 경마장으로 그들을 이끈 사람은 다름 아닌 바로 나였다. 내가 경마를 알게 된 것은 입사 동기인 친구 L 덕분이다. 그 친구는 지금의 과천으로 이전하기 전에 경마장이 있었던 뚝섬 근처의 대학교에 다니며 고시반에서 공부를 하였다. 시험 결과 발표가 있는 날이면 수험생들은 어김없이 경마장을 가는데, 고시반으로 돌아올 때면 합격인지 불합격인지를 알리는 – 색깔이 각기 다른 운명의 – 깃발이 창문에 내걸린다고 한다. 그즈음 읽은 어느 시인의 글은 오랫동안 나를 붙잡았다. 젊은 시절 학교에 적응하지 못하고 겪었던 청춘의 방황기를 기록한 것이었다. 지금은 그 내용이 정확히 기억나지 않지만, "……. 내일부터 중간고사다. 나는 오늘 경마장에 갔다. 말들이 달리는 모습을 보며 내 젊은 날의 외로움과 불면을 생각하였다……."는 대략 그런 취지의 글이었다. 내용도 다소 강렬하고 자극적이었지만 경마장의 분위기는 어떤 것일까 야릇한 흥분 같은 것이 불현듯 엄습하였다.

친구 L을 따라 뚝섬의 경마장에 처음 갔을 때 내가 느꼈던 마력적인 기분을 잊을 수가 없다. 별천지에 온 느낌이었고 무언가에 홀린 것 같았다. 말들이 갈기를 세우며 기수와 일체가 되어 달리는 모습은 멀리서 봐도 짜릿하였다. 근육을 불끈 세우고 콧김을 날리며 질주하는 말들은 정말 멋지고 아름답기 그지없었다. 내가 배팅한 말이 마지막 코너를 돌며 질풍 같은 속도로 스퍼트를 하는 모습을 보면 온몸의 피가 나도 모르게 거꾸로 설 지경이다. 마지막에 선행마를 따라잡으며 아슬아슬하게 1등으로 결승선을 통과하는 순간이면 흥분과 쾌감은 무아지경의 절정에 이르게 된다. 마치 마약이나 환각제가 그런 기분일까? 그 순간이라면 누구라고 할 것도 없이 모두 저절로 자리에서 일어나 주먹을 불끈 쥐고 흔들며 소리를 지르게 된다. 그 순간 모든 현실을 잊는다. 바로 축제에서 느낄 수 있는 몰입과 엑스터시의 경지가 그런 것 아닐까?

경마장에 가면 대개 배팅을 한다. 두 부류가 있는데, 안전하게 가는 사람과 한 건을 노리는 사람이다. 나는 한 번에 보통 5천 원 이내에서 몇 마리 말에 포트폴리오로 승부를 걸었다. 하숙집 동료 K형은 평소에는 조용한 성격인데 의외로 내기를 즐겼다. 그는 미리 말들을 주의 깊게 관찰하고 '경마 정보지'의 분석을 정독한 후에 반드시 한두 군데만 승부를 집중하였다. 그는 기대 이상으로 감이 뛰어난 승부사였다. 100만 원 배당을 적중하여 사당역 근처에서 술을 거하게 산 적도 있었다. 얼마 후 우리 대부분은 점차 경마장에 시들해졌는데, K형은 여전히 주말만 되면 아침에 슬그머니 사라지고는 하였다. 한두 해가 지나면서 다니던 직장을 옮겼다는 그는 하숙집에서 점점 보기가 어려워졌다가 결국에는 소식이 끊기고 말았다. 설마 경마 때문에 패가망신한 것은 아닐까?

경마는 흥미로운 스포츠다. 산업적으로도 큰 규모를 자랑한다. 경마의 기원은 말을 가축화한 시기와 거의 같을 만큼 오래되었다고 한다. 호메로스의 '일리아드' 나 고대 올림픽 경기에 말경주가 기록되어 있다. 경마라는 용어는 12세기 영국에서 처음 사용되었다고 하며, 점차 스포츠로서 규칙과 저변을 확대해나갔다. 1780년 현대경마의 기원인 더비(Derby) 등 클래식 경기가 차례로 창설되어 19세기 초에는 오늘날과 같은 형태로 정비되었다. 이후 여러 나라로 전해져서 오늘날은 대중성이 강한 스포츠 오락으로 확고하게 자리를 잡았다. 현재 대부분의 나라에서 경마가 개최되고 있다.

대중성과 오락성이 큰 경마는 최근 사행산업으로 관리되고 있다. 2007년부터 국무총리 산하에 '사행산업통합감독위원회' 라는 국가기구가 설치되었다. 도박 성격이 강하여 이로 인한 부작용을 최소화하고 중독을 예방하기 위한 목적이다. 이른바 '사고 칠 위험' 이 많다는 우려 때문이다. 사행산업에는 경마뿐만 아니라 경륜, 경정, 카지노, 복권, 체육진흥투표권(스포츠 토토)이 포함되어 있다. 사행산업 중 가장 큰 매출 규모를 자랑하는 업종은 단연 '경마' 다. 2015년 경마의 매출은 7

조 7,322억 원으로, 전체 매출의 37.7%에 이른다. 다음으로 매출이 많은 복권(17.3%)과 비교해 두 배 이상으로 높다. 경마장을 찾은 입장객 수는 1,361만 7,000명에 달한다. 과연 경마의 대중적인 인기와 선호도가 어느 정도인지를 짐작하게 한다.

구분	카지노업		경마	경륜	경정	복권	체육 진흥 투표권	소 싸움	계
	강원 랜드	외국인 전용 카지노							
총매출액 (비중)	15604 (7.6)	12433 (6.1)	77322 (37.7)	22731 (11.1)	6730 (3.3)	35551 (17.3)	34494 (16.8)	166 (0.1)	205042 (100)
입장객수 (천명)	3133	2614	13617	5542	2169	–	–	637	–

〈표〉 2015년 사행산업 매출액(단위 : 억 원) 및 입장객수

사행산업으로 조성된 공익자금은 사회적으로 의미 있는 곳에 쓰인다. 1997년부터 복권기금을 조성하여 문화예술, 복지, 스포츠 등에 지원한 영국은 이 분야의 선진국으로 꼽힌다. '스포츠 복권 프로젝트'를 가동하여 런던 올림픽이 끝난 직후 2013년부터 리우 올림픽 출전 종목에 3억 5,000만 파운드(약 5,057억 원)의 통 큰 투자를 감행하였다. 정부 차원의 과감하고 전략적인 투자로 영국은 '부동의 2위' 중국을 제치고 메달 순위 종합 2위를 달성하는 쾌거를 이루었다. 1908년 자국에서 열린 런던 올림픽에서 종합우승을 차지한 이후 108년 만에

최고의 성적을 거둔 것이다.

DHL

네 번째 키워드: 정치와 권력 – 축제와 친한 뜻밖의 파트너들

문화와 축제는 권력의 말랑말랑한 친구(?)

문화는 말랑말랑하다. 문화는 상징이고 이미지다. 그런 문화 중에서도 축제는 통치자들의 권위와 명성을 한층 빛나게 한다. 많은 사람의 눈길을 단번에 사로잡는 '멋지고 화려한 쇼' 같은 역할을 하는 것이다.

문화는 권력의 강화와 국가의 안정이 필요할 때 의미 있는 견인차 역할을 하였다. 권력을 획득하고 유지하는 과정에서 사람들의 마음속에 말랑말랑한 복종의 심리를 만들어주는 것이 바로 문화이기 때문이다.

문화는 복종의 기반인 신념체계를 구축하고 폭력수단을 대체하는 효과가 있다. 따라서 뛰어난 지도자와 통치자는 문화를 적절하게 활용하고 이용할 줄 알았다. 특히 통치자에게는 축제와 스페셜 이벤트야말로 자신의 권력과 영광을 멋지게 부각시키는 한판의 무대였다. 동시에 민중들에게는 지루한 일상을 잊게 하는 더할 나위 없는 오락이자 즐길거리였다. 로마 시대의 콜로세움과 검투사 경기는 빵과 서커스를 기반으로 한 스릴 넘치는 볼거리가 얼마나 애용되었는지를 잘 보여주는 역사적 사례다.

문화와 권력의 '은밀한 만남'은 다양하게 이루어졌다. 문화가 가진 상징의 힘은 권위의 정당성을 확보하는 데 유용하고 효과적인 기제였기 때문이다. 역사학자 홉스봄(E. Hobsbawm)은 '만들어진 전통(Invention of Tradition)'이라는 개념을 통해 문화와 전통의 실체가 무엇인지를 설파한 바 있다.[2] 인위적으로 만들어진 새로운 가치가 시간이 흐르면서 역사적 사실로 둔갑한다는 것이다. 앤더슨(B. Anderson)의

---

2) 우리가 피상적으로 알고 있는 '역사에 길이 빛나는 전통들'은 사실은 19세기 말에서 20세기 초에 새로운 국경일, 의례(rituals), 영웅이나 상징물 등의 형태로 유럽에서 집중적으로 만들어졌다. 이들은 역사와 동떨어져 있고, 정치적 의도에 의해 조작되고 통제되었다. 영국의 왕실의례, 유럽 주요 국가의 상징물 제정(국기(國旗), 국가(國歌), 국경일)이 대표적이다. 이 같은 집단적 기념행위는 서로 다른 이해관계와 동기를 가진 개인과 집단들로 하여금 공유된 정체성과 동질감을 느끼도록 함으로써 국민국가 형성에 크게 이바지한다.

'상상의 공동체(Imagined community)'는 우리에게 이미 주어진 것으로 생각했던 '민족'에 대한 인식이 정치적 필요에 따라 만들어진 근대적 조형물일 뿐이라고 지적한다. 이들은 객관적으로 존재하는 실재의 공동체가 아닌 근대 민족주의가 만들어낸 집단적 믿음과 환상으로부터 나온다는 것이다. 유발 하라리(Y. Harari)는 〈사피엔스〉에서 "전설, 신화, 신, 종교는 인지 혁명과 함께 처음 등장했다"고 하면서 허구를 말할 수 있는 능력이야말로 사피엔스가 사용하는 언어의 가장 독특한 측면이라고 지적하였다. 따라서 인간의 대규모 협력은 모두가 공통의 신화에 뿌리를 두고 있는데 그 신화는 사람들의 집단적 상상 속에서만 존재한다는 것이다.

국가의 전통 또한 이 같은 집단적 허구와 상상의 믿음체계 속에서 인위적으로 기획되어 생성되고 또 강화된다. 그런 은밀한 믿음의 틀과 체계 중에서도 문화와 축제야말로 가장 쓸모가 있고 믿을 만한 수단이 아니었던가? 왕실의 대관식, 대통령 취임식과 같은 장엄한 공개 의례는 권력이 주제이고 지도자가 주인공인 대표적인 축제의 형식이다. 그런 의식은 대개 압도적인 권위를 자랑하는 대규모 건축물을 배경으로 이루어진다. 그 자리에 참관하는 것만으로 사람들은 마음속에 말할 수 없는 일체감과 동질감을 느낀다. 힘없는 거리의 시민들이라면 자기도 모르게 순응하고 복종하는 순한 양이 되는 것이다.

권력자들은 역사를 통틀어 이런 대규모 건축물과 장엄한 축제 의식을 크게 선호하였다. 특히 건축은 축제와 비교하여 역사적인 감동과 볼거리를 준다는 점에서 흥미롭다. 축제는 일시적인 이벤트의 성격이 강하지만, 건축은 상당한 시간과 예산이 투입되는 중장기 프로젝트다. 축제는 순간의 합일과 감동을 지향하지만 건축은 장기적 지속성과 역사 유산의 가치를 추구한다. 그러나 동시에 축제는 사람들에게 오래 기억되고 때로 역사적 의미를 남기고 싶어 한다. 건축 또한 우선 동시대의 사람들이 편리하고 쾌적하게 이용할 수 있어야 한다. 그들은 모두 창의적이고 차별화된 기획이 무엇보다 중요한 스페셜 이벤트이자 종합예술의 성격을 띤다. 대규모 건축물을 배경으로 한 장엄한 축제 의식, 권력과 영광을 보여주기 위한 환상의 찰떡궁합이 아닐 수 없다.

뛰어난 지도자일수록 이 같은 문화와 축제를 잘 활용했다는 것을 알 수 있다. 첫손가락에 꼽을 만한 권력자는 프랑스 절대 왕조의 전성기를 구가했던 태양왕 루이 14세(1638~1715)다. '짐은 곧 국가다' 라고 할 만큼 절대주의 시대의 대표적인 전제군주다. 유럽 열강과의 전쟁에서 승리하고 중앙집권체제를 완성한 후 프랑스를 유럽 문화의 중심지로 발전시키는 데 큰 역할을 하였다. 당시는 또한 라신, 코르네유, 몰리에르 등 고전주의 예술이 꽃을 피우고 세련된 프랑스어가 번성한 시대였다. 루이 14세 자신이 어린 시절부터 예술 분야에 소질을 보여 회화와 건축, 무용에 관심이 많았다. 특히 발레에 소질이 있었는데, 유명한 무용 교사에게 사사하면서 20년 동안 매일 춤 연습을 할 정도였다. 궁정이나 광장에서 열린 많은 공연에 직접 주역으로 출연하기도 하였다. 그 중 '밤의 발레' 에 태양신으로 출연하면서 이를 계기로 '태양왕' 이라는 별칭으로 불리게 되었다고 한다. 루이 14세는 발레를 궁중의 연희에서 전문적인 예술로 격상시켰는가 하면 이를 위해 왕립무용학교를 설립하였다. 그 명맥은 〈파리 오페라 발레단〉이 되어 현재까지 이어지고 있다. 1682년에는 20여 년 공사를 거쳐 궁정 생활의 전범이 된 베르사유궁을 건축하고, 이후 복잡하고 엄정한 궁중 예법에 탐닉하기도 하였다.

루이 14세는 왕권의 강화와 하나의 프랑스라는 국가 체제의 완성을 위하여 문화예술과 베르사유 궁전을 활용하였다. 그는 상징과 이미지의 정치에 능한 지도자였다. 오늘날 올림픽 같은 국가적 제전이나 대규모 건축 사업은 국민적인 관심 도출을 통한 국가 통합에 자주 이용된다. 루이 14세가 보여준 현란한 이벤트와 이미지 정치, 기념비적인 건축 사업 또한 치밀한 정치 선전의 속셈을 담고 있었던 것이다. 고대 비극을 능가하는 라신과 코르네유의 장엄한 비극을 보거나 화려함의 극치인 베르사유 궁전 앞에 서서, 당시 사람들은 의식하지 못하는 사이에 국왕에 대한 존경심과 프랑스 국민으로서 자부심을 느꼈을 것이다. 궁정의 복잡한 예법은 참석하는 귀족들에게 권력에 대한 긴장감을 느끼게

하고 보이지 않는 경쟁심을 부추긴다. 아무것도 아닌 예식절차 때문에 오히려 왕을 우러러보고 총애를 갈망하게 되는 것이다. 오늘날 우리가 중요한 권력자가 주재하는 행사에 참석할 경우, 금속 탐지기 통과와 소지품 검사, 필요한 드레스 코드와 까다로운 예법을 지켜야 하는 것과 다를 바 없다.

나폴레옹은 권력의 정당화를 위하여 문화예술을 잘 활용한 대표적인 지도자로 손꼽힌다. 사람의 마음을 읽을 줄 아는 탁월한 직관의 전략가였고, 권력을 예술로 생각할 정도로 이들의 속성을 잘 이해하고 적절히 이용한 최고의 전문가였다는 것이다. 그는 예술아카데미를 장악하고 문학, 미술, 언론, 극장 등을 권력의 통제하에 두었다. 로마교황을 초청하여 1804년 12월 노트르담 성당에서 거행된 대관식은 세속적인 승인을 통해 신성한 권위를 과시하고, 문화예술을 활용하여 이런 미화를 극대화한 사례로 자주 거론된다. 나폴레옹이 총애하였던 신고전주의의 거장 다비드(Jacques Louis David)는 이 장면을 매우 생생하고 드라마틱한 걸작으로 그려 후대에까지 전하고 있다. 루브르 박물관에 전시되어 있는 〈나폴레옹 대관식〉은 높이 6미터, 폭 9미터를 넘는 놀라운 크기의 대작이다. 이 작품 앞에 서 있으면 마치 그날 그 현장에 있는 것 같은 느낌에 사로잡힌다. 엄청난 규모와 화려함이 주는 압도적인 아우라에 순간적으로 현기증을 느낄 정도다. 이런 '슈퍼 울트라

이벤트'를 기획하고 연출한 나폴레옹이야말로 과연 축제 이벤트 방면의 천재 프로듀서가 아닐 수 없다.

나폴레옹은 전쟁 영웅일 뿐만 아니라 지식문화의 위대한 전략가로 불린다. 책 읽기를 좋아해 작가를 꿈꾸었고 전쟁터에도 수백 권의 책을 지니고 갔다고 한다. 특히 이집트 원정은 지식 확장사업이기도 하여 5만 명의 군사 외에 167명의 학자가 대동하여 프랑스 문물을 전파하고 이집트학 개척의 신기원을 이루었다는 평가다. 이 원정의 대표적인 부산물로 꼽히는 것이 '로제타스톤'이다. 상형문자의 비밀을 풀어내는 실마리가 된 이 역사적 기념비는 프랑스가 결국 영국과의 전쟁에 패하는 바람에 그 소유권도 함께 빼앗기게 된다.

권력과 문화(축제)의 역사에는 반대로 불행한 결합 사례도 많다. 특히 파시즘, 사회주의, 일당 독재 등의 극단적인 정치체제에서 왜곡되고 굴절된 경우를 흔히 발견할 수 있다. 히틀러의 나치즘이 축제형 정치행사와 대규모 스포츠 이벤트를 권력의 강화를 위해 얼마나 잘 활용하였는지는 유명한 사례다.

이 방면에서 북한도 나치즘 못지않게 광신적이다. 북한은 대규모 매스게임과 집단 공연에 광적으로 집착한다. 2005년에 남북 장관급회담의

8.15
60
조국해방의

수행원으로 북한을 방문한 적이 있다. 방문 일정의 일환으로 평양 능라도의 5.1경기장에서 열린 대집단체조 및 예술 공연 〈아리랑〉을 관람하였다. 15만 명을 수용하는 운동장에 총 10만여 명이 동원된 어마어마한 규모였다. 우리나라에서는 아주 희귀해진 추억의 카드섹션에는 1만 8천 명이 참여하여 한 치도 빈틈없는 일사불란한 움직임을 보였다. 그라운드에서는 집단체조, 무용, 서커스, 신의주 유치원생의 줄넘기, 군대시범, 낙하산 묘기가 이어졌다. 8만여 명이 등장하는 기상천외한 스페셜 이벤트였다. 주제는 어김없이 '수령님과 장군님, 혁명정신과 주체사상' 같은 것이었다. 처음에는 압도적인 규모와 스케일, 현란한 색채와 반짝이는 동작 때문에 섬뜩할 정도의 놀라움과 충격을 느꼈다. 그러나 시간이 흐르면서 천편일률적인 내용과 상투적으로 반복되는 스타일 때문에 금방 시들해지고 말았다. 부실한 스토리로 물량공세에만 치중하는 삼류 블록버스터 영화를 본 것 같았다. 이후 북한은 이 공연 관람을 상품으로 내놓고 남측과 외국의 대규모 관광단을 모집하기도 하였다. 관람료는 50$에서 300$에 이르렀다.

북한 정권의 스포츠 사랑(?)은 여전하다. 김정은은 파격적으로 리우올림픽에 '권력 서열 2인자'인 최룡해 노동당 부위원장을 단장으로 보냈다. 북한이 역대 올림픽에 보낸 인사 중 최고위급이다. 스포츠를 활용하여 안으로는 주민들의 애국심과 단결심을 고취하고, 밖으로는 국위를 선양하려는 것이다. 이 모든 것이 김정은 정권의 대외 홍보와 권력 기반 강화에 있음은 말할 나위도 없다. 따라서 선수들은 '오직 장군님만을 생각하며' 달린다. 독재자들은 이들에게 '영웅' 칭호를 주고 최고급 대우를 해주면서 정권 홍보에 아낌없이 이용하는 것이다.

축제와 혁명은 닮은꼴, 한 번 욱하면 무섭다!!

축제와 혁명은 닮은꼴이다. 기존의 틀과 관성을 벗어나고 지금까지 당연시되던 질서와 상식을 뒤집는 점에서 그렇다. 일상을 벗어난 일탈(逸脫)과 전복(顚覆)이다. 혼란과 무질서 속에서 짜릿한 흥분과 일체감을 공유하는 인간 행위의 오묘한 진리 같은 것이 함께한다. 둘 다 일회적 이벤트로 보이지만 영속적인 경험과 역사적인 기억을 지향한다. 비록 단 하루나 며칠 만에 끝나더라도 사람들의 기억에 오래도록 남고 역사의 한 페이지 속에서 영원히 빛나고 싶은 염원이 투영되어 있다.

프랑스 혁명은 흔히 '대혁명'으로 불린다. 그만큼 불꽃 같은 혁명의 정신과 에너지가 폭발한 민주주의 역사의 거대 이벤트로 손꼽힌다. 카오스 속에서 피어난 축제였고, 축제와 정치가 변증법적 과정을 거쳐 승화한 일대 사건이었다. 사전적으로는 1789년부터 1799년에 걸쳐 일어난 프랑스의 시민혁명이다. 하지만 그 파장과 영향은 거대한 정치 사회적 의미를 띠었고 도도한 역사의 흐름을 바꾼 전환과 변곡의 사건으로 기록되었다.

프랑스혁명은 구체제의 모순인 '앙시앵레짐'에서 비롯되었다. 신분제로 첨예화된 특권사회, 전쟁으로 인한 재정 파탄 등 절대왕정의 구조적 모순이 극에 달하자, 시민들의 누적된 불만과 갈등은 '바스티유 감옥 습격'으로 폭발하였다. 봉건 지배의 억압과 불평등의 상징인 바스티유 감옥의 함락은 혁명의 시작을 알리는 서곡이었다. 동시에 반 축제적인 요소를 일거에 제거하고 파괴한 행위였다. 이제 시민들은 역사의 주체로서 혁명과 축제의 집행자가 된 것이다.

왕권과 구체제의 반동적 기운이 엄습할 즈음 '10월 궐기'가 일어난다. 이는 프랑스 대혁명을 축제의 관점에서 해석할 때 중요하고 의미 있는 사건으로 꼽힌다. 1789년 10월 5일 루이 16세와 마리 앙투아네트를 베르사유 궁에서 파리로 끌고 온 이 사건은 모든 계층이 참가한 정치적 카타르시스의 장이었다. 프랑스의 역사가인 미슐레(Jules Michelet)는 그 행렬에 여인과 어린이가 참여한 점에 주목하여 10월의 궐기야말로 진정한 축제였다고 평가한다. 그동안 축제의 이방인이자 소외계층이었던 여성들이 역사의 주체이자 변혁자로 등장한 것이다. 결국 일회적 이벤트인 거리의 축제가 영속성과 역사성을 획득하는 순간이었던 것이다.

이처럼 혁명과 축제는 프랑스 사람들에게 자유와 평등을 향한 인간 해방의 구세주와 같았다.

1790년 혁명 1주년을 맞아 파리의 샹 드 마르스에서 열린 전국 연맹 축제는 공화국에 대한 선서식과 함께 혁명의 기쁨을 나누는 민중의 축제로 복원되었다. 행사를 위해 10만 명을 수용할 수 있는 원형 경기장이 구축되고, 나중에 단두대에 서는 비운의 왕 루이 16세도 참석하였다. 7월 18일에는 용감한 군인 몇 명이 탄 열기구 띄우기 이벤트가 있었다. 프랑스 인권선언을 담은 쪽지를 달에 전파하기 위한 의도를 담았다고 한다. 당시로서는 '하이 테크놀로지'를 동원한 다소 낭만적이고 파격적인 기획이었다. 피를 대가로 치른 혁명의 정치적 성격이 기성 세상을 뛰어넘어 새로운 메시지를 전하는 문화적 이벤트로 표출된 것이어서 흥미롭다.

1790년의 연맹제는 이후 프랑스 대혁명 기념 축제의 원조로서 오늘날 프랑스 최대의 국경일이자 국민적인 축제로 기념되고 있다. 1889년 혁명 100주년을 기념하여 에펠탑을 처음 선보이는 파리 만국박람회를 열었다. 200주년인 1989년에는 국립 바스티유 오페라극장을 개관하였다. 매년 혁명 기념일에는 다채로운 공연과 함께 파리의 개선문에서부터 샹젤리제 거리를 따라 콩코드 광장까지 군인들의 성대한 거리 퍼레이드가 열린다. 축제의 정점은 7월 14일 밤에 에펠탑과 트로카데로 광장을 배경으로 벌어지는 화려한 불꽃놀이다. 특히 레이저와 영상을 투영하여 연출하는 장대한 쇼는 파리 시민뿐 아니라 관광객들에게도 인기가 매우 높다.

최근 들어 우리나라의 정치 결사와 시위가 질적인 변화의 여지를 보이고 있어 눈길을 끈다. 이른바 '촛불집회', '문화집회' 등 문화제와 축제적인 성격을 가미한 새로운 양상이 늘어난 것이다. 전반적으로 과거의 폭력 시위와는 달리 평화적인 모습을 유지하여 국민의 지지를 받기도 하였다. 특히 2016년 겨울을 뜨겁게 달구었던 박근혜 대통령 탄핵 관련 촛불집회는 '축제 같은 집회'로 국내외의 큰 주목을 받았다. 엄청난 군중이 몰렸지만 폭력과 무질서가 전혀 없어 전 세계 언론은 '위대한 국민, 성숙한 민주주의의 승리'라고 높이 평가하였다. 촛불집회가 문화제 성격을 띠게 된 데는 현행법에 저촉되지 않기 위한 이유가 크다고 한다. 현행 '집회 및 시위에 관한 법률'에서는 해가 진 이후에는 옥외집회나 시위를 금지하고 있으나, 문화행사 등은 예외로 인정하기 때문이다. 정치적인 모임이 다 함께 평화롭게 참여하는 축제의 장이 된다면 국민이 보다 더 행복해지지 않을까?

2011년에 튀니지에서 장기집권의 철폐와 민주화를 요구하는 시민혁명이 일어나 이집트, 리비아, 요르단 등 중동 여러 나라로 확산된 적이 있다. 이 시민혁명은 튀니지의 국화 이름을 따서 '재스민 혁명' 이라고도 불렸다. 또한 '모바일 혁명' 이라고 했는데 페이스북, 트위터 등 SNS를 통하여 급속도로 파급되었기 때문이다. SNS가 소셜 네트워크화하고 집합적 여론을 형성하는 새로운 정치적 매개 역할을 한 것이다. 현대 사회에서 미디어와 커뮤니케이션의 달라진 위상과 기능을 절감하는 계기였다. 이런 사례는 정치운동이나 혁명의 양상도 어쩌면 축제의 과정이나 정신과 크게 다르지 않다는 것을 느끼게 한다. 무엇보다 함께 어울리고 참여하는 사람들이 혼연일체의 합일과 에너지의 폭발을 경험하기 때문이다.

풍운의 마초 제국, 독일이 사는 방식

독일을 서술하는 말은 다양하다. 한 성격하는 풍운아나 좌충우돌의 개성파에 가깝다. 파란만장한 세월의 풍파를 뚫고 달려온 거침없는 전사의 모습도 떠오른다. 무엇보다 강하고 선이 굵은 남성적 기운이 물씬 풍긴다. '풍운의 마초 제국' 이라고 하면 어떨까?

이런 이미지들은 대부분 역사에서 나온다. 독일은 신성로마제국 이후 오랫동안 분열과 혼란이 지속되면서 봉건적 질서가 지배하였다.

프리드리히 리스트의 관세동맹과 빌헬름 1세 치하의 철혈재상인 비스마르크의 주도로 1871년 마침내 통일국가를 수립하면서 경제 강국 도약의 기반을 마련한다. 국가 주도로 교육과 과학기술, 산업발전을 강력하게 견인한 결과 독일은 20세기 초에 전 유럽을 앞지르면서 후발 산업혁명의 선두국가로 부상하게 된다. 이후 나치즘의 출현과 두 차례 세계대전의 패배, 동서독 분단과 통일까지, 독일은 소용돌이치는 현대사의 중심에서 격랑에 휩싸이는 역사의 주인공이었다. 1993년 유럽연합(EU) 출범과정에서 주도적 역할을 하면서 독일의 위상과 영향력은 계속 높아지고 있다. 2016년 영국의 EU 탈퇴(브렉시트) 투표 이후 유럽의 중심국가 위치를 더욱 강화하면서 미국, 중국과 맞서 '천하삼분론(天下三分論)' 이라는 강대국의 꿈을 부풀리는 상황이다.

독일 하면 전차나 자동차, 비스마르크나 히틀러 같은 이미지가 떠오른다. 사상과 문화예술 쪽의 슈퍼스타도 셀 수 없이 많다. 칸트, 헤겔, 마르크스, 괴테, 바흐, 베토벤, 바그너 등. 이들은 모두 '게르만' 이라는 강력한 이미지로 한데 모인다. 개인주의보다는 집단주의, 드러난 현상보다는 본질에 집착하며 우직하게 맡은 일을 밀어붙이는 강인한 체구을 가진 게르만 전사의 모습이다.

많은 예술가 중에서도 리하르트 바그너는 축제 이벤트 측면에서 주목을 끈다. 매년 여름 바이에른 주(州)의 소도시인 바이로이트에서는 특별한 페스티벌이 열린다. 바그너의 오페라와 악극만 공연하는 〈바이로이트 페스티벌〉이다. 바그너는 '악극(music drama)' 개념의 창시자다. 기존의 오페라와 구별하기 위해서 음악과 무용, 시문학과 무대미술 등을 결합한 총체 예술을 추구한 것이다. 바그너는 인간의 근원과 본질을 추구한 자신의 악극이 특별한 분위기와 장소에서 공연되기를 원하였다. 결국, 손수 전용 극장을 짓고 전용 페스티벌을 만드는 데 성공하였다. 바이로이트 축제극장은 바그너의 작품만을 무대에 올리는 바그너의 성지이다. 5주간의 축제 기간에만 외부에 개방한다.

바그너는 음악가 중에서도 많은 예술론을 저술한 명문장가였다. 또한 독설가로도 유명하였다. 그의 작품은 장엄하고 감동적이며 최고의 흥미를 자극한다. 바그너는 어릴 때부터 제2의 셰익스피어와 베토벤이 되고 싶어 했다. 극작과 작곡을 결합하여 새로운 것을 만들어내려는 열망에 불탄 야심적인 인물이었다. 권력에도 친화적이었는데 루드비히 2세의 후원을 받아 전용극장 건립이라는 필생의 꿈을 이루었다. 그는 인간 존재의 비극적 모순에 주목하면서도 독일 낭만파의 거장으로서 '인간 구제의 이데아'를 놓치지 않았다. 바그너는 현대 독일에서 아주 인기 있는 영웅으로 손꼽힌다. 그를 추앙하는 후계자와 숭배자, 팬들은 광적일 정도로 열렬하다. 그의 음악과 문화유산은 〈바이로이트 페스티벌〉을 중심으로 오늘도 면면히 이어지고 있다.

바그너를 생각하면 프란시스 포드 코폴라 감독의 1979년 영화 〈지옥의 묵시록(Apocalypse Now)〉을 잊을 수 없다. 말론 브란도, 로버트 듀발, 마틴 쉰 등이 출연한 반전영화의 걸작으로 꼽히는 영화로, 칸 영화제 대상과 아카데미 영화제 촬영상, 음향효과상을 수상하였다. 이 영화의 주연은 명분 없는 전쟁에 회의를 느끼고 캄보디아 밀림 속에서 자기만의 왕국을 건설한 커츠 대령(말론 브란도)이다. 하지만 또 하나의 문제적 인물은 단연 전쟁의 광기에 사로잡힌 킬고어 중령(로버트 듀발)이다. 듀발은 이 영화로 골든 글로브 시상식과 영국 아카데미 영화제에서 남우조연상을 수상하였다.

이 영화의 가장 냉혹하고 충격적인 장면은 킬고어 중령이 이끄는 헬기 부대가 마을을 무차별적으로 습격하는 장면이다. 이때 나오는 음악이 바로 바그너의 〈니벨룽겐의 반지〉 중 '발퀴레의 기행' 이다. 킬고어 중령은 윈드서핑 마니아인데, 그에게 전쟁은 윈드서핑만큼이나 사소하고 가벼운 일상에 불과하다. '발퀴레의 기행' 은 전쟁의 가학성이 주는 환각적인 쾌감과 피해자들이 느끼는 공포심을 동시에 극대화한다. 킬고어 중령 스스로 "적들이 기절초풍하게 심리전을 펼치자" 면서 음악을 튼다. 폭력의 미학과 잔혹성을 발산하는 극적 효과는 소름이 돋을

RICHARD WAGNER

Postkarten
je
80 Cent

YREUTH

정도로 압권이다. 전쟁영화의 명장면으로 꼽힌다. 발퀴레는 날개 달린 말을 타고 하늘을 날아다니는 신의 딸들이다. 곡의 우리말 제목이 말을 타고 다닌다는 의미의 기행(騎行)이지만 사실 이것은 기행(奇行)이기도 하다. 〈니벨룽겐의 반지〉는 중세 독일의 민중 서사시를 바탕으로 만들어졌는데, 4부작 전 공연이 15시간이 넘어 나흘에 걸쳐 공연되는 전대미문의 대규모 음악극이다. 이런 엄청난 스케일과 까다로운 기술적 요구조건 때문에 바그너는 바이로이트에 새로운 전용 극장을 짓게 된 것이다. 무모하리만큼 진지한 나라, 독일의 DNA가 느껴진다. 한편으로는 부럽기도 하다.

바그너의 음악은 매우 강렬하고 최면적인 효과를 유발하는데, 영화 〈지옥의 묵시록〉은 이를 유감없이 보여주고 있다. 바그너는 '세계 최악의 팬덤을 가진 작곡가' 로도 꼽힌다. 열렬한 추종자가 바로 히틀러와 나치였기 때문이다. 죽음의 공포가 드리운 유대인 수용소에서 자주 틀어졌던 바그너 음악은 이런 트라우마로 인해 이스라엘에서는 오랫동안 금기시되었다. 이처럼 바그너 음악은 역사를 거치면서 많은 논란과 애증의 대상이 되기도 하였다. 그만큼 음악과 문화예술의 힘이 크고 중요하다는 것을 알 수 있다. 한편으로 어떤 목적을 위한 수단이 될 때 문화예술은 때로 위험한 무기가 될 수도 있다는 것을 잘 보여주는 사례가 아닐까?

히틀러를 얘기할 때 스포츠와 정치가 탐욕적으로 결합한 어두운 기억으로 베를린올림픽을 떠올리지 않을 수 없다. 일장기를 가슴에 달고 뛰어야 했던 손기정 선수의 마라톤 우승이 가슴 아프게 기억되는 올림픽이다. 올림픽이 열리기 전 제1차 세계대전의 패전국인 독일은 당시 자존심이 망가질 대로 망가진 상태였다. 바로 이때 미술학도를 꿈꾸었던 히틀러는 뛰어난 통찰력과 선동술로 실의에 빠진 독일 민족에게 집단적 환상과 일체감을 고취하였다. '토론 대신 이벤트'를 통한 장엄하고 화려한 연출력으로 일약 독일의 희망과 부활을 이끌 구세주 같은 지도자로 떠올랐다. 히틀러는 바로 게르만교의 교주이자 메시아였던 것이다.

1936년 베를린올림픽은 '정치 선전 이벤트의 극치'를 보여준다는 평가다. 내부적으로는 단합을 공고히 하면서도, 외부에는 평화 메시지와 몸짓으로 위장하는 철저한 양면성을 보인다. 성화 봉송 점화식과 TV 방송중계가 최초로 시도되었다는 점에서 베를린올림픽의 시대를 앞선 이벤트 전략과 기법을 짐작하게 한다. 이벤트 역사에서는 선진적이었던 것이다.

연두 업무보고, 대통령 국정보고의 최고 이벤트

대통령 연두 업무보고는 국정수행 과정의 보고 중에서 가장 중요하게 꼽히는 새해 초의 행사이다. 각 부처 입장에서는 해당 연도 주요 시책을 보고하고 대통령의 평가를 받는 자리다. 성적표를 받는 것이다. 소관 부처에게는 한마디로 '한해 농사가 잘 될지 여부를 결정하는' 그런 뜻이 담겨 있다. 따라서 많은 시간과 노력을 들여서 준비하고 최대한 좋은 결과가 나올 수 있도록 노심초사한다. 예전에는 실무자들이 밤을 새우거나 합숙을 하면서까지 준비하는 경우도 자주 있었다.

연두 보고는 국민 입장에서는 국가의 정책방향에 대한 궁금증을 해소하고 생활과 관련 있는 요긴한 지식과 정보를 얻을 수 있다. 국정에 대한 지지나 비판이라는 최종적인 평가자의 입장이기도 하다. 이벤트 측면에서 연두 보고는 상당히 흥미롭고 복합적인 기능을 가진 행사다.

1) 기본적으로 보고의 직접 대상자이면서 동시에 보고의 총 주관자는 대통령이다. 국가의 최고 권력자인 대통령은 국가의 중요사항을 결정하는 정책 위계의 가장 상층부에 있는 핵심 중의 핵심이다. 이런 슈퍼파워맨의 일정과 동선은 하나하나가 관심의 대상으로 주요 뉴스의 소재가 된다. 그만큼 무겁고 중요한 권한과 책무를 지고 있기 때문이다. 권위주의 대통령 시절에는 더욱 심하였다. 아무리 선진 민주주의 국가라도 대통령에게 관심과 시선이 쏠리는 것은 당연하고 자연스러운 일이다.

2) 연두 보고는 기획과 홍보가 결합되어 국정 수행의 효과를 극대화하여 보여줄 수 있는 좋은 기회다. 내용과 콘텐츠가 어느 정도 보장되는 행사이고, 형식과 장소, 참석자 등 이벤트적 요소를 고려하여 잘 연출하면 흥행 가능성이 매우 높다. 이를 위해서는 대통령 비서실의 관련 전문가나 오랜 경험과 노하우를 가진 정부부처 관료의 활약이 중요하다. 때로 영화감독 같은 기획과 연출능력, 현장감이 뛰어난 맞춤형 디테일 구현이 필요하다.

3) 이런 제반 측면에서 연두 보고는 일종의 매력적인 '이니셔티브' 로 작용할 수 있다. 국내외 정치 사회적 상황과 국면을 돌파하며 새로운 이슈와 어젠다를 던지는 효과가 크다는 것이다. 대통령의 동정과 각 부처의 릴레이 뉴스거리는 미디어의 주목과 여론의 관심을 충분히 끌어올 수 있다. 새로운 정책변화가 따르는 굵직한 소식이라면 더욱 그렇다. 일반적인 국내외 상황이 정적이거나 침체된 국면이라면 효과가 더할 나위 없이 좋다. 반면 사회적 갈등이 심하거나 국가적 혼란이 발생한 경우에는 그 효과가 반감될 수도 있을 것이다. '약발이 별로' 라는 것이다.

연두 업무보고는 여러 가지 형식이 있을 수 있다. 일반적으로 부처별로 하는 경우와 주제별·과제별로 하는 경우로 크게 나뉜다. 부처별로 하는 경우 과거에는 한 부처씩 하는 경우가 많았다. 모든 부처를 한 바퀴 돌려면 시간이 많이 소요되어 '연두' 업무보고지만 실제로는 3~4월이나 심지어 6월경까지 늘어지는 경우도 있었다. 긴급한 대통령 일정이 생기는 경우 보고가 밀릴 수밖에 없었다. 이후 경제, 안보, 사회, 문화 등 몇 개 관련 부처씩 모아서 하는 경우가 늘어났다. 주제별·과제별로 나누는 경우는 관심도가 높은 핵심사항과 현안을 중심으로 배치할 수 있기 때문에 최근 들어 갈수록 선호되는 형식이다.

보고 장소는 대통령 집무실이 있는 청와대에서 하는 경우와 보고 부처나 업무 현장의 경우로 나누어진다. 청와대에서 하는 경우는 경호와 이동, 준비 등에 있어 편리한 점이 많고 보고 내용에 집중할 수 있는 장점이 있지만, 행사의 효과나 부처별 특색이 크게 두드러지지 않는 단점이 있다. 따라서 언론이나 국민이 느끼는 이벤트적 효과와 체감도가 훨씬 높은 외부 장소를 선호하는 경우가 많아졌다. 국민이 일일이 알 수 없는 구체적인 보고 내용에만 호소하기보다는 장소적 특성, 다양한 이미지와 메시지의 부각 등에서 강점이 많기 때문이다.

연두 업무보고는 최고의 뉴스 메이커인 대통령이 참석하는 자리라서 준비와 진행, 성과, 홍보 등에 있어 챙겨야 할 것이 많다. 사실은 번거롭고 복잡한 행사다. 이에 따라 역대 대통령들은 나름대로 간소화하려고 노력하였다. 부처별로 다른 보고 계기가 있을 때 함께 묶어서 보고하는 경우도 있었고, 아예 서면으로 대체하는 경우도 종종 있었다. 김영삼 대통령의 경우 "허례허식적이고 비효율이 많다"고 하여 폐지를 지시한 적도 있었다. (1995.12.22 수석비서관 회의 시) "각 부처 공무원들이 전년도 말부터 보고 준비에 매달리고 중요한 정책결정을 업무보고 뒤로 미루는 등 부작용과 폐해가 있다"고 보았기 때문이다.

이처럼 평면적으로 보이는 업무보고도 활용하기에 따라서 이벤트적 특성과 효과를 크게 부각할 수 있다. 보고에는 연두 업무보고뿐만 아니라 정기적 부정기적으로 다양한 특별보고가 있을 수 있다. 법령상 정해져 있는 보고대회(예, 규제개혁 장관회의, 무역투자 진흥회의), 국가적인 기념일이나 행사, 국책사업의 시작과 중간 점검 및 마무리, 올림픽과 박람회 같은 국민적 관심이 쏠려 있는 메가 이벤트의 추진 등 그 소재와 대상은 무궁무진하다. 지방정부와 기업, 공공기관 등 다른 기관도 마찬가지다. 기관별 특성에 따라 시기별로 주제별로 유용하게 활용할만한 보고 이벤트는 충분하다.

德国

다섯 번째 키워드: 경제와 자본 – 과감하게 지르는 자가 만드는 신천지

유럽의 라이벌, 자본주의 무대에서 격돌하다

만국박람회(세계박람회)는 한 나라나 도시가 가진 총체적인 부와 경쟁력을 선보이는 국력 과시의 장이다. 자연과 산업 분야의 진기한 물산, 시대를 선도하는 첨단 과학기술과 상품, 새로운 건축과 문화 창작물 등 온갖 볼거리가 망라된다.

세계 최초의 만국박람회는 1851년 영국의 런던에서 열렸다. 런던 만국박람회는 조그만 섬나라에서 성공적인 산업혁명을 거쳐 일약 강대국으로 부상한 영국이 자기 나라의 부와 성취를 국제사회에 유감없이 보여준 무대이다. 군사강국, 최초의 산업국가, 대영제국의 위용을 대내외에 과시하기 위하여 빅토리아 여왕의 부군인 앨버트 공의 적극적 주도와 왕실의 후원으로 추진되었다. 하이드 파크에 행사장으로 건립된 '수정궁(Crystal Palace)'은 엄청난 규모의 유리와 철골구조물로 장식한 혁신적인 디자인과 건축기술로 커다란 주목과 관심을 끌었다. 아쉽게도 화재로 소실되어 지금은 남아 있지 않고, 각종 그림과 사진, 기록으로만 전해지고 있다.

런던 박람회는 큰 성공을 거두었다. 행사 6개월 기간 중 총 600만 명이 관람하였는데, 이는 당시 영국 인구의 3분의 1에 육박하는 숫자다. 수익금은 빅토리아 여왕과 앨버트 공의 머리글자를 딴 V&A Museum을 비롯한 자연사박물관, 런던과학사박물관 등의 건립에 사용되었다.

런던 박람회의 대성공은 세계 각국에 공업화와 박람회 경쟁을 부채질하여 산업발전의 기폭제가 되기도 하였다. 그중에서도 영국의 숙적이라고 할 프랑스가 가장 활발하였다. 사실 최초의 산업박람회는 1798년 파리에서 개최되었다고 한다. 다만 그 규모가 소규모 국내행사에 머물렀다. 런던 박람회에 자극을 받아 프랑스는 만국박람회를 잇달아 개최하였다. 특히 1889년 파리 박람회에는 310미터의 에펠탑을 선보임으로써

박람회명	새로운 기술
1851 런던	증기기관
1853 뉴욕	엘리베이터
1867 파리	발전기
1876 필라델피아	전화기
1904 세인트루이스	비행기 실용화
1939 뉴욕	TV
1964 뉴욕	우주항공
1985 쯔쿠바	로봇

영국에 밀렸던 문화적 자존심을 회복하고 국가 이미지를 높이는 계기가 되었다.

만국박람회는 새로운 기술의 시연장 역할을 하였다.[3] 주요 박람회와 신기술 사례를 살펴보면 표와 같다. 오늘날에도 이런 전통과 기능은 계속 이어지고 있다. 2년 또는 4년마다 각국 주요 도시를 순회하여 개최되는 엑스포가 대표적이다. 최근에는 2010년에 상하이, 2012년에는

3) 우후죽순처럼 박람회가 생기자 1928년 국제박람회 협약과 함께 올림픽처럼 개최지를 조정하는 국제박람회기구가 생겼다. 국제박람회기구는 공식 박람회를 광범위한 주제를 다루는 등록박람회와 특화된 주제의 인정박람회로 나누고 있다. 2010년 상하이엑스포는 5년에 한 번 열리는 등록박람회이고, 1993년 국내에서 처음 개최한 대전엑스포와 2012년의 여수엑스포는 인정박람회로 분류된다.

여수에서 열렸다. 산업 부문별로 다양한 박람회형 전시회도 열린다. 매년 바르셀로나에서 열리는 세계 최대 규모의 이동통신산업 전시회인 〈모바일 월드 콩그레스(Mobile World Congress)〉, 첨단 가전제품 종합 전시회로 매년 1월 라스베이거스에서 열리는 〈세계 가전전시회(CES, Consumer Electronics Show)〉 같은 사례를 들 수 있다.

우리나라도 만국박람회와 무관하지는 않다. 최초의 근대적인 이벤트는 바로 1915년 경복궁에서 열린 〈조선물산공진회(朝鮮物產共進會)〉로 기록되어 있다. 이 박람회는 합병 5주년을 계기로 일본이 식민통치의 정당성과 업적을 과시하기 위한 의도와 전략이 깔려 있다. 대외적인 경제 논리 이면에는 숨겨진 정치적 본뜻이 있었다. 행사를 최대한 부각하기 위하여 대만관, 사할린관, 남양군도관 등이 설치되어 국제적인 규모임을 내세웠다. 동북지방의 지배자인 장작림(張作林), 필리핀 총독 등 당시 국제정치의 거물들이 방문하기도 하였다. 50일 행사 기간 동안 전국 각지에서 160만여 명이 관람하여 볼거리가 부족하였던 시대에 큰 화제가 되었다.

제국주의 문제아 일본과 인상파의 만남, 그 불편한 진실

일본은 뒤늦게 제국주의 대열에 뛰어든 동양의 문제아였다. 섬나라라는 지정학적 위치를 잘 활용한 역사의 행운이라고 할 수 있다. 섬나라는 늘 개방과 고립의 기로에 선다. 잘나갈 때는 대외 개방을 통해 외부로부터 성장의 수혈을 받을 수 있다. 고립된 위치와 독립성은 때로 외세의 침입이나 전염병으로부터 안전을 지켜주지만, 개방과 교류가 막힐 때는 내부적인 침체와 교착 상태에 머물 수도 있다.

대표적인 섬나라 우등생은 단연 영국이다. 영국은 현대사회를 견인하는 두 개의 축인 민주주의와 자본주의의 종주국이다. 하지만 유럽의 서쪽 변방, 그것도 한적한 섬나라인 영국은 오랫동안 로마의 지배, 앵글로 색슨족의 이동, 바이킹의 침입 등 외세에 시달렸다. 1588년 스페인의 무적함대를 격파하면서 해상 패권을 확보하고 유럽의 강국으로 부상한다. 이후 명예혁명(1688)으로 절대왕권을 타파하고 의회 동의 과세를 제도화함으로써 정치적 안정을 이룩하였다. 자유주의 경제원리 확립과 동시에 성공적인 산업혁명을 통하여 자본주의 선진국으로 군림하게 된다. 이를 기초로 영국은 19세기에 전 세계의 절반 가까이를 지배하는 '해가 지지 않는 나라'가 된다. 최대의 제국주의 선진국가로 등극하며 전 세계를 호령하는 전성기를 구가하는 것이다.

오랫동안 고립과 후진성을 면치 못하였던 일본은 해군이 약한 몽골군이 침입했을 때 마침 천우신조의 태풍 덕분에 화를 면하는 행운을

누린다. 섬이라는 지리적 위치 덕분이었다. 이후 임진왜란 이전에 포르투갈 상인을 통해 외래 선진 문물을 받아들여 명나라와 대등하게 맞설 정도까지 그 지위가 격상되었다. 하지만 임진왜란 후 1636년부터 에도 막부의 쇄국정책이 200여 년간 이어진다. 지방 세력이 철저히 통제되고 천주교 전파도 금지되었다. 대외교역은 오직 네덜란드만 허용된다. 아편전쟁 등을 통해 동양의 맹주였던 중국이 서방 제국주의에 굴욕적 패배와 수모를 당하면서 강압적 개방을 하는 모습을 보며 일본은 큰 충격에 빠진다. 1853년 페리 제독의 상륙이라는 새로운 문명의 도전을 맞은 일본은 고민 끝에 이듬해 문호를 공식 개방하였다. 이후 일본은 메이지 유신을 통해 부국강병과 근대화를 추진하면서 서양 배우기에 뛰어든다. 늦게 출발하였지만 기민한 산업화로 서방국가들을 어느 정도 따라잡은 일본은 후발 제국주의와 군국주의로 무장하면서 아시아 태평양 지역에 분란을 일으키는 문제아의 길을 걷는다.

1854년 문호개방 이후 일본은 서양 국가들에 알려지기 시작하였다. 많은 상품과 문화가 소개되면서 일본에 대한 관심이 높아지는데, 1867년 파리에서 열린 만국박람회는 일본의 공예품과 예술이 널리 퍼지는 결정적인 계기였다. 당시 공예품을 포장하는 완충재로 채색 목판화인 '우키요에(浮世繪)' 가 그려진 종이를 주로 사용하였다. 그런데 일본에서는 흔하고 대중적인 판화가 오히려 유럽인들의 눈에는 아주 이국적

이고 신선한 느낌으로 다가온 것이다. 일본 그림의 전통이 녹아들어간 우키요에는 18세기 중엽인 에도시대에 등장하였다. 당대의 풍속과 자연, 인물화나 춘화 등 대중적인 소재를 간결한 구도와 대담한 필치, 강렬한 색채로 그려내어 높은 인기를 누렸다. 결국 우키요에는 큰 관심을 끌었고, 이른바 '자포니즘'이라는 용어까지 생기게 된다. 미술사학자 곰브리치(Ernst Hans Gombrich)는 〈서양미술사〉에서 인상주의 탄생의 조력자로 사진술의 발명과 함께 일본의 채색목판화를 들었다. 새로운 소재와 참신한 색채 구성을 야심적으로 찾아 나가는 데 도움이 되었다는 것이다. 유럽의 아카데믹한 회화 전통이나 규칙과는 다른 일본미술의 우연적이고 파격적인 점이 인상주의자들에게 충격을 주었다는 지적이다.

실제로 인상파의 작품을 보면 우키요에와 자포니즘의 영향을 어렵지 않게 확인할 수 있다. 특히 인상파의 아버지라고 불리는 마네부터 대표적인 작가인 고흐와 모네, 드가, 고갱 등의 작품에 등장하는 일본미술의 흔적은 묘한 기분을 자아낸다. 누구보다 고흐는 일본을 동경하고 일본풍에 열광하였다. 동생 테오에게 보낸 편지에서는 '일본인들의 작업에 드러나는 극단적인 분명함과 간단하고 정확하게 선을 긋는 방식'을 부러워하기도 한다. 그런 매력에 끌렸는지 고흐는 우키요에의 여러 작품을 모사하거나 독특한 스타일을 모방한다. 또 자기 작품의 모티브로 삼기도 하였다. 작품 〈탕기영감〉에는 뒷면 벽 가득히 우키요에가 걸려 있다.

고흐의 모국이 임진왜란 이후 일본의 쇄국시절 유일하게 교역하던 네덜란드라는 사실은 흥미롭다. 또한 일본과 그들의 문화가 유럽에 본격적으로 알려지게 된 결정적인 계기가 바로 파리에서 열린 만국박람회라는 것은 문화의 교류와 전파에서 축제 이벤트가 얼마나 중요한지를 잘 보여주는 사례가 아닐 수 없다. 일본은 정치적인 문제아로 세계사에 잊을 수 없는 상흔을 남겼다. 하지만 일상과 세속에서 끌어내는 대담한 상상력과 거침없는 파격의 문화는 분명히 강점과 매력을 가지고 있다. 일본이 축제 이벤트에 있어서도 선진국으로 꼽히는 것은 이런 이유와 배경이 작용한 결과일 것이다.

개방 천국 네덜란드, 지금은 잠시 자존심을 접는다

작지만 강한 나라, 네덜란드는 우리와 비슷한 점이 많다. 열악한 자연환경을 딛고 주변 강대국 사이에서 공존과 번영의 길을 걸어왔다. 국토는 작은 편이지만, 특유의 정신력과 의지로 선진국가의 반열에 올라 있다. 역사의 틈바구니를 헤치며 지속적인 발전을 이룩한 것이다.

17세기는 네덜란드 역사상 최고 전성기로 꼽힌다. 스페인 통치에 저항하여 1566년 종교의 자유를 쟁취하고 1588년에는 연방공화국으로 독립을 선언한 이후 도약의 발판을 마련한다. 자본주의와 해상무역의 발전에서 네덜란드는 역사에 남을 만한 눈부신 활약을 한 나라로 꼽힌다. 1602년에 주주들의 투자를 받아서 최초의 주식회사인 동인도회사를 설립하고, 증권거래소와 은행 등 상업 자본을 꽃피운 것이다. 이와 함께 남아프리카와 동남아시아에 식민지를 개척하고 북미에 뉴암스테르담(지금의 뉴욕)을 건설하는 한편, 일본의 쇄국시대에 유일한 교역국이 된다. 네덜란드 상인들은 막부시대 일본에서 금지한 종교인 기독교의 선교를 하지 않고 오로지 무역에만 관심을 가졌다. 또한 중국에서는 자존심을 접고 황제 앞에 알현한다. 국제관계에서 철저한 비즈니스 마인드와 실용정신으로 임한 것이다. 이렇게 하여 네덜란드는 급기야 세계적인 무역 강국으로 발돋움한다. 문화적으로도 번영기에 접어드는데 이 시기는 '황금시대(Dutch Golden Age)' 라고 불린다. 렘브란트 판 레인, 요하네스 베르메르, 프란스 할스 등의 화가와 에라스무스, 스피노자와 같은 철학자가 활약하였다.

네덜란드는 우리와 역사적으로 인연이 깊다. 1628년 제주도에 표류한 선원인 벨테브레(한국 이름: 박연)는 귀화한 첫 번째 서양인이다. 1653년에는 동인도회사 소속이던 하멜 일행이 일본으로 가던 중 제주도에 좌

초하였다. 하멜은 1666년까지 체류한 기록을 〈하멜 표류기〉로 남기는데, 서구 사회에 당시 조선의 사회상이 상세하게 소개되는 계기가 된다. 6•25 한국전쟁 기간에는 UN군의 일원으로 참전한 우방국이다. 근래에는 2002년 월드컵 4강의 위업을 이룩한 히딩크 감독을 통해 우리에게 더욱 친숙해졌다.

네덜란드가 우리와 가장 다른 것은 거의 모든 금기가 허용되는 자유로운 나라라는 점이다. 마약은 물론 매춘, 동성애, 낙태, 안락사 등 첨예한 논쟁이 오가는 주제에 가장 진취적인 나라가 바로 네덜란드다. '비정상 회담' 이라는 TV 방송에서 네덜란드의 커피숍에서 대마초를 판다고 해서 화제가 된 적이 있다. 이는 '금기 사항을 정면으로 다루어 문제를 해결한다' 는 네덜란드식 합리주의를 그대로 보여준다. 여기에는 타인에게 피해를 주지 않는 모든 행위는 눈감아 줄 수 있고, 법이 허용하는 한에서 다른 사람이 어떤 행동을 하든 관심을 두지 않는 개방과 관용의 정신이 깔려 있다. 사생활에 한없이 쿨한 네덜란드가 아닐 수 없다.

동성 결혼에 대한 논의는 오랫동안 뜨거운 감자로 다루어져 왔다. 서유럽은 특히 자유롭고 개방적인 분위기가 강하다. 1989년 차별을 금지하는 동성 노조(Same-sex Union)를 처음 도입한 것은 덴마크였지만,

결혼 합법화에는 이르지 못하였다. 결국 오랜 논의와 투쟁을 거쳐 법적으로 동성 결혼을 허용한 최초의 국가는 2001년의 네덜란드였다. 8월 초 암스테르담은 동성애자의 천국으로 변한다. 〈Gay Pride〉라는 축제가 열리기 때문이다. 15만여 명의 사람들이 동성애의 자유를 지지하고 만끽한다. 이 축제의 하이라이트는 유서 깊은 암스테르담의 운하를 수놓는 화려하고 자유분방한 100개 이상의 보트 퍼레이드다. 암스테르담 시내는 거대한 클럽으로 변신하고 무지개색이 온 도시를 뒤덮는다.

네덜란드는 풍차와 함께 튤립의 나라로 유명하다. 유럽의 봄은 암스테르담 남쪽의 큐켄호프에 튤립이 피면 시작된다고 한다. 매년 3월 말이면 세계 최대의 튤립 축제인 〈큐켄호프 축제(Keukenhof Flower Festival)〉가 열리기 때문이다. 이 꽃 박람회는 총천연색의 아름다운 튤립뿐 아니라 수선화, 카네이션, 히아신스, 프리지어 등 수백 가지 꽃을 한자리에서 볼 수 있다. 1949년에 화훼산업과 무역을 장려하기 위해 유럽 각지의 꽃을 전시하면서 시작되어 이제는 지상 최대의 봄꽃 축제로 주목을 받고 있다. 네덜란드를 대표하는 튤립은 원산지는 중앙아시아인데, 1593년에 식물학자인 샤를드 레클루즈가 터키에서 처음 들여왔다고 한다. 이후 경제적 호황기와 맞물려 튤립의 수요가 늘어났고, 점차 귀한 대접을 받게 되었다. 겨울에도 춥지 않고 습한 토양에서 잘 자라는 튤립의 특성과 네덜란드의 기후조건이 잘 맞아 세계 제일의 생산국이 되었다고 한다. 17세기에는 튤립 투기 광풍이 일어 튤립 한 뿌리가 집 한 채 값에 팔리기도 하였다.

네덜란드에는 또 하나의 특이한 축제가 있다. 네덜란드의 산타클로스는 '신터클라스' 라 불린다. 이 신터클라스의 등장을 시작으로 11월부터 네덜란드의 축제 기간이 시작된다. 신터클라스 외에도 축제에는 '검은 피터' 라는 아프리카풍의 조수와 요정이 등장한다. 까만 가발을 쓰고 얼굴은 초콜릿색 두꺼운 페인트를 칠하고, 커다란 금 링 귀고리를 한 흑인 분장의 댄서들이 풍선을 나눠주고 아이들을 즐겁게 해주는 것이다. 19세기와 20세기 유럽 전역에서 크게 유행했던 흑인 분장은 네덜란드에서 번성하여 '검은 피터' 는 크리스마스에 빠질 수 없는 존재가 되었다고 한다. 검은 분장과 관련해 노예의 상징이라는 인종 차별 논란이 여전하지만, 이 또한 다양한 문화와 인종이 어우러지는 네덜란드의 국가 전통과 축제 정신 속에서 받아들여지고 있다.

전남도의 F1 경주대회, 과감한 도전인가? 무모한 시도인가?

오늘날 도시는 역동적이다. 변화와 혁신의 중심에 있다. 특히 한국의 도시들은 아주 적극적이고 도전적이다. 새로운 사업을 기획하고 추진

DHL
DHL

하는 데 매우 경쟁적이다. 1995년 지방자치제 시행 이후 이런 경향은 더욱 심해졌다. 지방자치단체의 장이 임명직에서 주민들의 선출직으로 바뀌면서 재임 기간의 실적과 성과로 평가를 받기 때문이다. 물론 이들 시장, 군수, 구청장들과 지역 주민들의 공통적인 관심사는 일차적으로 지역의 활력 회복과 경제 활성화일 것이다. 이를 위하여 다양한 이벤트와 프로젝트들이 전국의 많은 도시에서 추진되었다. 때로는 지방도시가 감당하기에는 벅차고 도전적인 것들도 있었다. 성공사례도 있고 실패와 후유증이 남은 경우도 있다. 이런 일들은 지금 이 순간도 계속 진행 중이다. 어쩌면 도시가 존속하는 한 계속될 것이다.

그중에서도 전남도에서 추진한 F1 자동차 경주사업은 가장 벤처성이 강했던 사례가 아닌가 싶다. F1 경주대회는 2010년 국내에서 처음 열렸다. F1은 포뮬러(Formula)[4] 자동차 경주의 하나로 세계적인 명성과 인기를 자랑한다. 흔히 올림픽, 월드컵에 버금가는 빅 이벤트 가운데 하나로 일컬어지기도 한다. 관중 수 연간 380만 명, 전 세계 TV 시청자 수는 연간 23억 명으로 광고와 홍보 효과가 매우 큰 스포츠다. 국내에서는 처음

---

4) 포뮬러는 경주용 자동차를 이용한 온로드 경기를 말하는데, 주관단체인 세계자동차연맹(FIA)에서 규정한 차체, 엔진, 타이어 등을 갖추고 경주하는 것을 말한다. 1950년 영국 실버스톤 서킷(Silverstone Circuit)에서 첫 번째 공식 월드챔피언십인 포뮬러원이 개최된 이후 매년 여러 번의 '그랑프리' 경기대회를 몇 개의 나라와 도시를 순회하며 열린다. 현재는 연간 17~19회로 정착되었다.

으로 2010년에 전남 영암에서 경기가 열렸다.

전라남도 F1 경주대회는 단순한 자동차 경주대회가 아니다. 도에서 추진했던 영암 해남지역의 '기업도시 사업'과 매우 긴밀하게 연결되어 있어 추진과정이 다소 복잡하다. 기업도시는 민간 기업이 토지 수용권 등을 가지고 주도적으로 개발한 특정 산업 중심의 자급자족형 복합기능 도시를 말한다. 미국의 실리콘 밸리나 일본의 도시 도요타처럼 성공사례가 많다. 국내에도 삼성전자의 아산 탕정, LG 필립스의 파주 같은 경우가 기업도시로 꼽힌다. 그런데 여기서 말하는 기업도시는 2004년 12월 31일 제정된 기업도시개발특별법에 의해 추진된 도시다. 영암 해남은 충남 태안과 함께 관광 레저형 기업도시로 지정을 받아 개발되었다. 지식 기반형(강원 원주, 충북 충주), 산업 교역형(전남 무안) 기업도시들도 동시에 진행되었다.

이 사업은 당시 민간자본을 활용한 도시 개발을 통해 기업의 국내투자를 확대하고 지역경제를 활성화하기 위하여 추진하였다. 하지만 투자 유치 실적과 사업 진도는 원활하지 않았다. 국내외 경기 침체와 부동산 투자 위축으로 기업도시 사업이 전반적으로 부진을 겪었던 것이다. 전남도는 세계적인 인기와 명성을 자랑하는 F1 경주대회 유치를 통해 영암 해남 기업도시의 활발한 투자 유치와 사업 돌파구를 기대하였다.

하지만 만사가 뜻대로 풀리지는 않았다. 기반 인프라 구축, 대회 유치와 진행에 많은 예산과 시간이 소요된 반면, 지역적인 환경과 여건은 취약하였다. 인구가 밀집한 수도권에서 멀리 떨어져 있어 접근성과 교통체계에도 문제가 많았다. 비록 지명도가 높은 세계적인 이벤트였지만, 국내에서는 그렇게 대중적이지 않고 다소 생소한 경기여서 F1 대회의 성공 가능성은 불투명하였다.

2010년 10월 어렵게 열린 첫 번째 대회는 날씨마저 도와주지 않았다. 비가 오락가락하여 행사장 접근과 관람 분위기가 다소 어수선하였다. 자동차 경주 특성상 넓은 공간이 필요하기 때문에 관객들의 길고 복잡한 이동 동선과 교통편, 각종 편의시설, 고객 서비스는 그만큼 빈틈이 많을 수밖에 없었다. 나는 정중앙의 그랜드스탠드에 앉아서 역사적인 국내 첫 번째 F1의 관전자로 참석하였다. 출발선 그리드와 한국을 상징하는 기와집 모양 건축이 퍽 인상적이었다. 경주 자체는 정말 놀랄 만하였다. 지금까지 국내에서는 전혀 볼 수 없었던 아주 기발하고 특별한 체험이었다. 형형색색의 화려한 경주용 자동차와 레이서들, 구불구불 곡선도로와 쭉 뻗은 직선 주로를 혼합한 아름다운 서킷, 굉음과 함께 멋진 자동차들이 질주할 때는 일순 온몸의 세포가 곤두서는 것을 느낄 수 있었다. 아주 짧은 순간의 몰입과 집중은 경마나 경륜과는 비교할 수 없는 또 다른 즐거움과 짜릿한 쾌감을 느끼게 한다. 엄청난 굉음과 함께 차들이 일제히 직선 주로를 질주할 때는 관객의 혼과 시선이 모두 빨려들어 가는 것 같았다. 이 또한 축제의 엑스터시와 다를 바 없었다. 참으로 아름답고 광포한 질주다. 문득 사람들이 세상 모든 것을 잊고 스피드에 빠지는 이유를 알 것 같았다. 굉음 때문에 처음에는 귀마개를 썼지만 차츰 적응되자, 점점 그 소리가 주는 묘한 쾌감과 몰입감을 즐기는 경지에 이르게 되었다.

지금도 처음 F1 경기장에 들어설 때의 설렘과 기대감이 아련히 남아있다. 경기가 이제 더 이상 열리지 않는다고 하니 착잡한 마음 금할 길이 없다. 결국 4년간 이어지다가 현재 중단 상태다. 여러 사연을 안고 어려운 여건과 과정 속에서 시작되어 반짝 빛을 보았지만, 결국에는 적자와 후유증을 남긴 채 지금은 사실상 경기 조직위원회 해산수순을 밟고 있다. 경기장과 인프라 구축에 들어간 비용을 뺀 순수한 운영 적자만 1,902억 원에 이르고, 발행한 지방채와 이자, 향후 F1 개최권 포기에 따른 위약금 등 지자체의 재정적 부담은 여전히 진행 중이다. 지역 시민단체는 개최 당시 도지사 등 조직위 관계자를 검찰에 고발한 바 있다.

세계적인 이벤트 개최를 통해 대외 지명도를 높이고 지역을 활성화하려던 지방 도시의 의욕과 과감한 시도는 주목할 만했다. 하지만 지역

여건과 경제성을 충분히 고려하지 않은 채 대형 스포츠 이벤트를 밀어붙인 점은 여러 부작용과 후유증을 남기고 말았다. 여러모로 아쉬움이 많이 남는 사례가 아닐 수 없다.

여섯 번째 키워드: 종교 – 거룩한 세상, 은근한 중독

종교와 축제, 묵언 잠수도 이벤트일까?

우리나라처럼 종교 간에 사이가 좋은 나라도 흔치는 않을 것이다. 마치 종교의 용광로 같다는 얘기도 있다. 서로 다른 종교단체가 모인 공식적인 기구가 있고 함께 하는 행사나 이벤트도 많다. 그중에서도 '7대 종단'은 귀에 제법 익숙해졌다. 여기에는 한국종교인평화회의(KCRP)에 소속된 한국의 대표적인 7개 종교단체가 참여한다. 개신교, 불교, 유교, 원불교, 천도교, 천주교, 그리고 민족종교 종단이다. 1965년 처음으로 서울에서 6개 종단 지도자들이 모여 대화모임을 갖기 시작하여 한국

종교인협회로 발전하였다. 1986년 3차 〈아시아종교인평화회의〉 서울 총회 개최를 계기로 국제 종교 기구와 유대관계를 갖는 한국종교인평화회의로 새롭게 출범하였다. 이후 한국민족종교협의회가 가입하여 현재 7개 종단의 연대협력기구가 되었다.

여러 가지 활동도 활발하게 펼치고 있다. 종교인들 간 화합과 다른 종교를 이해하기 위한 일을 주로 하는데, 연례적으로 열리는 대한민국 종교문화 축제와 이웃 종교 화합대회가 대표적이다. 각종 종교문화 교육 강좌와 체험캠프, 순례행사가 운영 중이다. 그 밖에 종교 보도사진전, 종교 지도자 친선 축구대회 등과 같은 행사도 열린다. 주지하다시피 종교계는 우리 사회의 빛과 소금이자 양심과 인권을 대변해왔다. 국가가 어려움에 처할 때마다 책임 있는 사회적 역할을 자임하고 있다. 또 계기가 될 때는 종파를 떠나 대통령이나 정부 측과도 대화 채널을 가동한다. 남북 종교 교류의 정례화와 같이 정치와 이념을 떠나 민족의 화해와 협력을 위한 일에도 앞장서고 있다. 2014년 프란체스코 교황이 방한하였을 때는 7대 종단 지도자들이 함께 만난 적도 있다.

우리나라는 다양한 종교가 공존하고 있는 만큼 어떤 지역에 가면 서로 다른 종교를 동시에 만나는 경우도 낯설지 않다. 여러 종교가 특정 마을이나 길 하나에 모여 있는 것이다. 원불교 교당 옆에 성당이 있고,

성당 뒤편으로 십자가 달린 교회가 나오고, 길 따라 큰 나무 아래에 공자를 기리는 향교가 맞아준다. 산 쪽으로 조금 더 가다 보면 이윽고 사찰이 기다리고 있는 그런 모습이다. 이에 주목하여 축제를 만든 사례도 있다. 전라북도는 종교적 인연을 가진 이 같은 길을 내면의 성찰과 상생이라는 주제로 연결하여 2009년에 240㎞(전주-완주-익산-김제)에 이르는 '아름다운 순례길'로 조성하였다. 2012년부터는 세계 순례대회를 개최하고 연중 도보 여행자의 발길을 모으기도 하였다. 종교별로 조성한 성지 순례형 걷는 길이 우리나라 곳곳에 있다. 세계적으로는 스페인의 산티아고 순례길이 가장 유명하다. 일본의 4개 섬 중 가장 작은 시코쿠(四國)에는 88개의 사찰을 도는 순례길이 있다. 이 길을 다 돌면 소원이 이루어지고 병이 낫는다는 속설이 있다고 한다.

개인적으로 여러 종교와 인연이 있다. 어린 시절 크리스마스에 친구 따라 교회에 가본 경우는 적지 않은 사람이 경험하였을 것이다. 민주화가 한창이던 1980년대 대학에 다닐 때는 진보적인 사회활동으로 유명하던 목사님의 설교를 들으러 교회에 나가기도 하였다. 직장생활 초기 하숙을 하던 시절에는 마침 주인 할머니가 독실한 신자여서 집에서 가까운 세종로 성당에 가끔 다녔다. 통신교리를 나름대로 열심히 받았지만 끝내 세례를 받지는 못하였다. 나이 들어 종종 산에 다니면서는 절에 들르는 경우가 많아졌는데 갈수록 마음이 편해지는 것을 느낀다. 하지만

대체로 볼 때 특정한 종교에 깊이 빠진 적은 없다. 문화와 관련된 일과 공부를 하면서 자연스럽게 여러 종교에 두루 관심이 생긴 것 같다. 특히 지금까지 접해보지 않았던 이슬람교는 문명사의 관점에서 흥미가 일었다. 관련되는 책이나 강좌로 공부하면서, 해외여행 시 기회가 있을 때마다 이슬람 문화유적이나 모스크를 관심 있게 찾아보기도 하였다.

개인적인 생활 습관 중에서 흥미로운 것이 하나 있다. 종교와 약간 관련될 수도 있는데, 1년 중에 한두 번 이른바 '잠수생활'을 하는 것이다. 보통 한 달 정도 지속하고, 1년의 시작인 1월이나 한여름 더위가 있는 8월에 하는 경우가 많다. 이때는 대개 외부 약속이나 행사 참석을 자제하고, 가급적 금주하면서 담백한 소찬과 절식으로 생활한다. 이같이 내면을 돌아보면서 절제된 생활과 자기 성찰에 집중하는 것은 여러 종교에서 볼 수 있다. 이를 통해 모든 종교가 추구하는 마음의 평화와 안식에 이를 수 있다면 그 이상 좋을 수 없을 것이다.

불교에는 한겨울과 한여름에 각 100일 동안 외부 출입을 삼가고 수행에 정진하는 '안거(安居)' 제도가 있다. 전국 대부분 사찰에서 이루어진다. 일반인들에게는 마음을 내려놓는다는 '하심(下心)'과 언행을 삼가는 '묵언(默言)'으로 상징된다. 안거를 마치고 해제하는 날은 대중공양(大衆供養) 등을 베풀어 그동안의 노고를 달래는 풍습이 있다. 가톨릭에는

'피정(避靜, Retreat)' 이 있다. 신자들은 영성에 충만한 생활을 위하여 일상에서 잠시 벗어나 고요한 곳에서 묵상과 성찰, 기도 등 종교적 수련을 한다. 성당이나 수도원, 피정의 집 등을 주로 이용한다. 피정은 '피세정념(避世靜念)' 또는 '피속추정(避俗追靜)' 의 준말이라고 한다. 무슬림들은 '더운 달' 이라는 뜻의 '라마단(Ramadan)' 금식기를 가진다. 이슬람력으로 매년 9월 한 달 동안 행해지는데, 천사 가브리엘(Gabriel)이 무함마드에게 〈코란〉을 가르친 신성한 달을 기념한 것이다. 이슬람교도는 이 기간 일출에서 일몰까지 의무적으로 금식하고, 날마다 5번의 기도를 드린다. 라마단이 끝난 다음 날부터 '이드 알 피트르(Eid-al-Fitr)' 라는 축제가 3일간 열려 맛있는 음식과 선물을 주고받는다. '기도원' 은 우리나라 여러 곳에 있다. 특별한 신앙심 향상과 영성적 에너지를 재충전하기 위하여 조용한 곳에서 주로 개인 기도에 전념하는 곳이다. 개신교와 신종교에 많은데, 기성 교회에서 수양관이나 수련관 형태로 운영하기도 한다.

이 같은 휴식과 재충전의 시간은 자신을 돌아보는 여유와 성찰의 기회가 된다는 점에서 매우 유용하다. 심신의 회복을 통해 새로운 자극과 의욕을 끌어올릴 수도 있어서 좋다. 이런 습관은 인생의 선배로부터 배운 것이다. 2000년대 중반 기획조정실에서 총괄과장으로 재직 시 장관은 모태 가톨릭 신앙을 가진 분이셨다. 그런데 불교에 대한 관심이 많으셔서 아침의 시작은 보통 108배라고 하셨다. 더욱 흥미로운 것은 평소에 두주불사형이지만 신년 초가 되면 무려 100일 동안 금주와 절제하는 생활을 하시는 거였다. 스님들의 '동안거'와 흡사하였다. 연말에 바쁘게 무리했으므로 신년 초에 쉬어간다는 취지도 있었다. 과연 연말에 송년모임이 많은 한국에서 수긍이 가는 건강 관리법이었다. 주위에서는 '동안거'를 만류하였다. 장관의 정신이 너무 맑아지면서(?) 아침 출근 때마다 갑자기 지시사항이 늘었기 때문이다. 평소에 굵직한 대외 활동과 핵심 현안 해결에 주력하시고, 어지간한 내부업무는 간부들에게 위임하시던 분이었다. 동안거 기간은 갑자기 열공(?)의 시기로 바뀌었다. 100일이 끝나는 시점은 4월 초쯤 되는데 대략 부활절과 일치한다. 동안거 해제일에는 '두주불사의 귀환'을 환영하는 축하 만찬이 거하게 벌어졌던 기억이 난다. '주님의 부활' 같이 감격스러운 회생과 해방이 함께 하는 순간이었다.

이렇듯 축제는 금욕이나 금기와 밀접하게 맞닿아있다. 고통스러운 결핍과 인내는 환희에 찬 욕망의 폭발을 더욱 배가하고 극대화한다. 어둠의 시간이 길수록 광명의 엑스터시는 강렬한 법이다. 카니발 같은 종교적인 축제는 이 같은 정신을 잘 반영한다.

기독교와 이스라엘, 종교와 역사에서 예술과 혁신으로

이스라엘에 출장을 간 적이 있다. 텔아비브로 입국해서 예루살렘, 베들레헴을 거쳐 사해까지 둘러보는 일정이었다. 마음은 다소 착잡하였다. 이스라엘은 이른바 '젖과 꿀이 흐르는 땅' 이자 기독교의 성지인 성경의 주요 무대다. 또 한편으로 유대인과 팔레스타인이 생존권을 두고 한 치 양보 없이 투쟁하는 현대사의 분쟁지역이자 화약고 같은 곳이기 때문이다.

첫인상은 기대와 많이 달랐다. 도시와 들녘의 풍경은 스산하고 척박하였다. 풀과 나무가 자라지 않는 헐벗은 언덕과 산악지형이 이어졌다. 먹을 것이 보이지 않는 그런 모래사막 같은 지형의 곳곳에 양 떼들이 배회하고 있었다. 실제로 이스라엘은 여름에는 뜨겁고 건조하며, 우기에 속하는 겨울에도 사막에 인접한 동남쪽 지역은 강우량이 적다고 한다. 국토의 60%가 사막에 속한다. 풀과 나무가 잘 자라지 않는 불모의 땅이 많은 나라, 그런 이스라엘이 '젖과 꿀이 흐르는 약속의 땅' 이 될 수 있었던 이유는 이 땅을 하느님이 돌보신다는 이스라엘 사람들의 굳은 믿음 때문이라는 얘기가 있다. 이스라엘 민족의 개척정신과 협동생활은 황량하고 메마른 땅을 가나안이라는 옥토로 변모시켰다. 2,000년간의 방랑생활을 마치고 나라를 새롭게 건국한 이스라엘의 강한

의지와 집념이 느껴지는 현장이다.

올리브나무가 성경에 등장하는 감람나무라는 것을 이스라엘에서 알았다. 올리브나무는 천 년 이상을 사는 나무로 알려져 있다. 기원전 3000년 전부터 소아시아 지역에서 자라기 시작하여 지금은 주로 지중해 연안 국가에서 재배된다. 최근 지중해 식단이 각광을 받으면서 건강 장수식품으로 올리브의 인기가 크게 높아졌다. 고대 올림픽에서는 1등한 선수에게 올리브 관을 씌워 준다. 당시 그리스에서 올리브 나무는 40여 년이 걸려 열매를 맺는 아주 귀한 나무로 여겼다. 한 번 뿌리를 내리면 포도나무처럼 잘 자랐고, '아테네 여신이 준 지혜의 작물' 이라는 신성한 의미도 담고 있었다고 한다. 토머스 프리드먼의 베스트셀러 〈렉서스와 올리브나무〉(1999)는 세계화의 명암을 그린 작품이다. 세계화의 상징인 도요타의 렉서스 자동차와 비교하여 올리브나무는 개별 국민국가의 주체성을 대표한다. 올리브나무는 주된 기둥이 썩어 없어져도 다시 옆에서 난 가지가 본 가지가 되면서 생명력을 유지한다고 한다. 천 년 고목이 맺은 싱그러운 올리브 열매는 백발노인이 자식을 본 것처럼 놀랍기만 하다. 황톳빛 척박한 대지에서 영원한 생명을 꿈꾸며 세계화라는 격랑에도 흔들리지 않는 올리브 정신이 되새겨진다.

사해는 염분이 많아 생물이 살 수 없어 '사해(死海, 죽은 바다)' 라고 불리지만 사람의 몸이 뜨는 것으로 유명하다. 미네랄이 풍부한 사해 소금과 진흙은 비누 같은 목욕과 미용제품으로 만들어져 많이 팔린다. 보령의 머드제품이 요즘 비누, 샴푸 등 미용제품으로 다양하게 개발되어 있는데 그 원조 격이라고 할 수 있을까? 2000년 전 병을 치유하기 위해 헤롯왕과 클레오파트라도 사해를 찾았다고 한다.

베들레헴은 아기 예수가 태어난 곳이다. 과거 마구간이 있던 자리에 십자가 지붕을 얹은 교회가 들어서 있다. 예수는 화려한 궁전이 아닌 초라한 말구유에서 태어났다. 가난하고 굶주린 자의 친구, 민중과 더불어 낮은 곳에서 지낸 예수의 생애가 떠올랐다. 예수는 축제를 몸소 실천한 종교 지도자로 꼽힌다. 그의 공동체에서는 먹고 마시는 것이 일상사였고, 이 땅 위에서 모두 함께 축제를 즐기자는 것이 슬로건이었다. 요한은 절제하면서 금식하고 기다리는 것이 어울리는 사람이었다. 하지만 예수는 "자신이 있는 동안에는 절대 금식하지 말라"고 제자들에게 말씀하시면서 친구 같은 편안함을 보였다. 일상 속에서 어려운 이웃과 축제를 즐기는 사람이었던 것이다.

예루살렘은 이스라엘 정치, 종교, 문화의 중심지이다. 아랍지역과 유대인 지역이 나누어져 있다. 팔레스타인 분리장벽이 있어 여기저기 경비가 삼엄하고 긴장감이 느껴진 곳이다. 예루살렘 구시가지는 해마다

세계에서 많은 순례자가 찾는 곳으로 유대교, 기독교, 이슬람교의 성지가 모여 있다. 지붕에 500kg의 금을 입혔다고 해서 황금사원이라 불리는 '바위사원(Dome of the Rock)'은 예루살렘 시내를 여행하다 보면 눈에 금방 들어온다. 교주 무함마드가 승천했다고 해서 이슬람의 3대 성지로도 추앙받는 곳이다. 유대의 헤롯왕이 건설하였다는 예루살렘성의 서쪽 성벽은 '통곡의 벽'으로 널리 알려져 있다. 유대인들의 눈물과 역사적 아픔이 서린 곳으로 오랫동안 종교 분쟁의 장소였다. 성벽 사이에 사람들이 소원을 적은 종이쪽지가 빼곡하다. 다마스쿠스 문을 지나 좁은 골목길을 걷다 보면 예수가 십자가를 지고 고행을 겪은 '십자가의 길'이 나온다. 골고다 언덕을 향해 고통을 감내하며 한발 한발 걸어간 길이다. 개인적인 신앙에 상관없이 거룩하고 숭고한 희생과 신념이 되새겨지는 순간이었다.

성경 역사를 통해 이스라엘에는 다양한 형태의 성스러운 기념일(聖日)과 축제가 생겨났다. 기독교의 성지인 만큼 이스라엘의 축제는 종교적인 것이 많다. 또 자연이나 계절의 순환과 관련되는 절기적인 것들도 지켜진다. 이스라엘의 3대 축제로는 유월절, 오순절, 초막절이 꼽힌다. 유월절은 유대민족이 이집트의 노예 상태에서 해방된 날을 기념하는 날이다. 역사상 가장 중요하고 오래된 민족 축제다. 오순절은 시나이산에서 율법을 받은 것을 기념하는 축제다. 밀의 첫 수확물을 바치는 의미도 있고, 신약에서는 예수께서 승천하신 해 첫 오순절에 성령이 강림하여 이후로 '성령강림절'로 지켜진다고 한다. 초막절은 이집트 탈출 후 40년 광야 생활 동안 지켜주신 하나님의 은혜에 감사하고 기념하는 축제다. 한 해의 농사를 마치고 하늘에 감사드리는 일종의 추수감사절에 해당한다.

현대에 들어 문화예술과 관련된 축제가 많이 열린다. 특히 이스라엘은 음악에 강하고 공연 인프라가 탄탄하다. 뛰어난 재능을 가진 음악가도 다수 배출하였다. 클래식의 종합예술인 오페라 페스티벌은 이스라엘 전역에서 볼 수 있다. 매년 6월에는 〈예루살렘 오페라 축제(Jerusalem Opera Festival)〉가 열린다. 헤롯왕이 남긴 오랜 역사 유적지인 마사다(Masada)에는 2010년부터 많은 오페라 애호가와 관광객들이 몰린다. 또한 7월에는 고대 도시 아코(Akko)에서 3일간 오페라 축제가 있다. 이처럼 오페라를 향한 이스라엘 사람들의 관심은 정부 차원의 지원과 함께 축제의 성장을 견인하고 있다. 〈예루살렘 올드시티 빛의 축제〉는 첨단 미디어 아트 페스티벌로 각광을 받고 있다. 이스라엘과 전 세계에서 온 예술가들은 화려한 3D 전시 작품과 예술적인 조각, 구조, 영상 설치물 등으로 올드시티의 건물과 벽을 장식한다. 6월에 예루살렘에서 열리는 〈이스라엘 축제〉도 빼놓을 수 없다. 이스라엘 고유문화와 국제적인 현대 예술이 조화를 이룬 공연들이 진행된다. 이스라엘은 역사와 종교 이미지가 워낙 강하다. 하지만 이를 한 겹만 걷어 내면 끊임없이 열리는 많은 문화예술 축제가 비로소 눈에 들어온다. 재즈, 일렉트로닉을 비롯해 다양한 장르의 음악 축제도 매월 각기 다른 곳에서 열린다고 한다.

요즘 이스라엘은 디지털 혁신과 창업 생태계가 잘 어우러진 첨단기술 강국으로 꼽힌다. 이스라엘은 국토 면적이 우리나라의 5분의 1 정도로 작고 부존자원도 빈약한 나라다. 하지만 오늘날 세계적인 창업의 나라로 잘 알려져 있다. 나스닥시장의 외국기업 상장 수에서 중국의 90개에 이어 81개로 2위에 올라 있다. 경제수도인 텔아비브에서는 매년 9월에 최대의 창업 축제인 〈DLD(디지털, 라이프&디자인) 텔아비브 페스티벌〉이 열린다. 이스라엘 5,000개 스타트업(창업 초기 신생기업) 중 1,450개가 텔아비브에 있다고 한다. 1㎢당 스타트업 28개, 인구 290명당 1개의 스타트업이 있는 꼴이다. 이스라엘이 창업국가라면 텔아비브는 명실상부한 '창업도시' 다. 2016년에 DLD에는 구글, 인텔, 삼성전자 등 60여 개 정보기술(IT) 기업이 전시관을 열고 세계 31개국에서 선발된 젊은 창업가, 90여 명의 전문가, 수천 명의 방문객이 집결하였다. 최첨단 기술을 전시하고 흥미로운 아이디어를 나누며, 투자 상담과 제도 개선을 위한 긴밀한 교류가 혁신주체들 간에 이루어진다. 가히 이스라엘의 디지털 혁신과 창업 생태계의 활성화를 위한 축제의 장이라고 할 수 있다. 소용돌이치는 역사의 물줄기를 도전과 변신으로 헤쳐 온 이스라엘 민족의 불굴의 정신이 감탄스럽다.

수피 댄스, 타지마할, 알람브라 궁전과 사마르칸트

2013년에 터키를 여행하면서 '수피(sufi) 댄스'를 만났다. 내륙 중부 아나톨리아 지방의 도시인 콘야(conya)의 한 동굴형 공연장이었다. 과거 셀주크 투르크의 수도였던 콘야는 이슬람교 중에서도 신비주의자들로 알려진 메블라나(Mevlana)교의 발상지라고 한다. 이들은 율법을 강조하는 기존 이슬람 종파와는 달리 명상과 기도를 통한 다양한 방식으로 신에게 접근하려는 종파다. 신과 영적으로 교감하기 위한 그들의 종교적 의식이 바로 회전 명상 댄스인데, 음악과 의상, 춤동작과 분위기에서 아주 독특하고 이국적인 느낌을 자아낸다. 긴 모자를 쓴 채 하얗고 긴 원피스형 치맛자락을 부드럽게 날리며 몇 사람이 똑같이 원을 그리며 빙글빙글 돈다. 한편으로 단순해 보이는 춤사위는 동작이 진행될수록 점차 아득한 몰입과 현기증, 일종의 착시효과를 일으킨다. 신비로운 선율과 빠른 춤사위가 마침내 신과 합일을 이룬 듯 무아지경의 경지에 이른다. 고통과 환희가 부르는 판타지가 자못 숙연하고 숭고한 느낌이 든다. 원래는 신을 영접할 때까지 원무를 계속했다고 하지만, 요즘은 전통적인 종교색채를 벗어나 점차 민속무용이나 관광 상품으로 탈바꿈하고 있다. 내가 본 것도 바로 관광 상품의 하나인 수피 댄스였다. 하지만 신선한 느낌과 충격은 오래오래 남았다.

그러던 중 얼마 후에 우연히 인도영화 〈조다 악바르〉를 보았다. 인도를 제패한 황제 악바르와 아름다운 공주 조다의 운명적인 사랑을 그린 2008년 영화다. 압도적인 비주얼과 웅장한 스케일이 볼리우드 영화산업의 저력을 화려하게 보여주면서 당시 인도의 극장가를 석권하였다. 하지만 이 작품의 진정한 매력은 비록 정략적으로 결혼하지만 조다와 악바르의 사랑이 점차 변해가고 무르익는 과정을 보여주는 섬세한 연출에 있다.

인도 무굴제국의 3대 황제인 악바르 대제(1556~1605)는 40여 년간의 영토 확장 전쟁을 통하여 무굴제국을 사실상 확립한 위대한 지도자로 꼽힌다. 제국의 황금기를 구가하며 세계적인 문화유산인 타지마할을 건설한 5대 황제 샤자한 1세가 그의 손자이다. 영화의 백미 중 하나는 이슬람교도인 황제와 힌두교도인 조다의 성대한 결혼식 장면이다. 여기에 결혼을 축하하는 '수피교도'들이 그들의 독특하고 아름다운 신비주의 춤 공연을 보여준다. 7분여 동안 진행되는 그 장면은 서서히 보는 사람의 눈길을 사로잡다가 점차 몰입과 엑스터시의 단계로 이끈다. 빙글빙글 돌면서 공연이 절정에 이를 때 왕은 문득 맨발로 걸어나가

둥그런 대열의 한가운데에 합류한다. 왕과 그들이 함께 보여주는 무아지경의 몸짓은 경계와 이질감을 뛰어넘어 화합과 일체감의 극치를 느끼게 하는 순간이다. 모든 축제가 지향하는 최고의 순간이 아닐 수 없다. 악바르 황제는 실제로 신비주의에 영향을 받아 여러 종교를 존중하는 다문화 다종교 정책을 펼쳤고, 예술을 사랑하고 학문을 보호하는 등 문화적인 포용과 조화에 관심이 많았다고 한다.

해외업무를 하면서 몇 군데 이슬람 국가와 지역을 여행하였다. 가장 먼저 방문한 곳은 남부 스페인이었다. 그라나다와 세비야, 톨레도 등에 남아 있는 이슬람 문화의 흔적과 다양한 유적지들은 나에게는 말할 수 없는 문화적 충격으로 다가왔다. 지금까지 접해왔던 유럽의 기독교 문명과는 분위기가 사뭇 다른 새롭고 독특한 모습을 띠고 있었기 때문이다. 그중에서도 압권은 세계적으로 유명한 알람브라 궁전이다. 14세기 마지막 이슬람 왕조인 나스르 왕조 때 완성된 이 궁전은 이슬람 문화의 정교하고 탐미적인 매력을 유감없이 과시하고 있다. '아라베스크'로 알려진 이슬람 미술은 우상 금기의 종교적 특성상 추상적인 문자, 식물, 기하학적인 무늬가 곡선과 교차하면서 치밀하고 화려하게 어우러지는 특성을 나타낸다. 주변의 산이나 자연경관과 멋지게 어우러지는 해 질 무렵의 알람브라 궁전은 말할 수 없이 애잔하고 낭만적이다. 스페인 작곡가 겸 기타리스트 타레가(Francisco Tarrega,

1852~1909)의 작품 〈알람브라 궁전의 추억〉은 달빛에 드리운 아름다운 궁전의 정서와 분위기를 잘 전한다.

이러한 문화적 사조는 이슬람 국가를 여행하다 보면 공통적으로 확인할 수 있다. 인도의 타지마할 또한 이슬람 건축문화의 정수로 꼽힌다. 1983년 유네스코 세계 문화유산으로 지정된 타지마할은 무굴제국의 악바르 황제가 수도로 정한 아그라에 있고, 그의 손자인 샤자한 1세가 사랑하는 왕비를 추모하기 위한 묘역으로 조성한 곳이다. 시대를 초월하는 걸작으로 불멸의 사랑을 전하며 그 아름다움이 빛난다. 인도네시아 자카르타에서는 이슬람 사원인 모스크를 방문하였다. 큰 도시의 모스크여서인지 일시에 많은 무슬림을 수용할 수 있는 어마어마한 규모와 화려하고 정교한 아라베스크 장식이 보는 사람을 놀라게 한다.

2016년 4월에는 콘퍼런스 발표를 위해 중앙아시아의 우즈베키스탄을 방문하였다. 동서 무역의 중심지였던 사마르칸트에서는 15세기 이란과 아프가니스탄, 북인도에 이르는 영토를 지배한 티무르제국의 영광과 문화적 영향을 확인할 수 있었다. 아무르 티무르 황제는 마치 건국의 아버지처럼 지금도 추앙을 받고 있었다. '모래광장'을 뜻하는 레기스탄(Registan)은 이슬람 사원과 교육기관이 밀집해 있는 사마르칸트의 대표적인 광장이자 중심지이다. 현재 국가적인 대규모 경축행사나 명절,

기념일 행사가 주로 열린다. 겨울을 제외하고 매주 목, 토, 일요일 밤이면 '소리와 빛의 축제' 가 열리고 있어 축제문화의 거점 역할을 한다.

'야단법석' 불교의 축제와 템플스테이

불교는 우리의 오랜 역사와 밀접하게 관련되어 있다. 한국에 불교가 처음 전파된 것은 고구려 소수림왕 2년인 서기 372년이라고 한다. 백제에는 384년 전남 영광에 인도 승려 마라난타가 들어오면서 시작되었다. 가장 늦은 신라에는 법흥왕 시절인 527년 이차돈의 순교로 공인을 받게 되었다. 삼국시대와 통일신라시대에 불교는 국가적 종교로 급격히 발전하고 승려와 사찰은 두터운 보호를 받게 된다. 국가의 안위와 왕실의 번영을 비는 호국불교로서 정치와 사상, 외교와 의전뿐만 아니라 국민 생활에까지 큰 영향을 끼쳤던 시절이다. 또한 건축과 미술, 음악과 공예 등 문화예술 전반에도 수많은 유산과 발자취를 남겼다.

고려의 불교는 신라불교를 그대로 계승하는 한편 송(宋)나라의 영향 아래 독자적으로 발달하였다. 태조 왕건은 불교를 국교로 정하고 새로 승과(僧科)를 제정하여 승려를 우대하였다. 연등회(燃燈會)·팔관회(八關會) 등을 연중행사로 개최하는 등 태조의 숭불정책은 고려 전반에 걸쳐 계승되면서 사상적 지주가 되었다. 많은 사찰과 우수한 예술품,

팔만대장경을 간행하여 한국불교문화의 대표작을 남겼다. 조선시대에 이르러 조정의 숭유억불 정책으로 인하여 불교는 수난기를 맞는다. 그러나 불경을 간행하고 불교를 보호한 역대 왕도 있었고, 이름 높은 명승도 많이 배출되었다.

불교는 우리 역사와 오래 함께한 만큼 관련되는 의례와 축제가 많다. 고상현의 연구에 따라 불교 축제의 분류를 간단히 정리하면 표와 같다. '불교의례 축제'는 불교의 종교의례가 중심이 된 축제이고, '불교문화 축제'는 불교의례에서 파생되거나 불교적 모티브를 차용하여 축제적인 요소가 한층 강화된 것이다. 명칭이 다소 생소한 수륙재, 개산대재 같은 의례형 축제는 불자들에게 낯익은 것이다. 연등회나 사찰문화 축제뿐만 아니라 사찰음식 축제, 산사음악회, 생태자연 축제를 포괄하는 문화형 축제는 일반인들에게도 많이 알려진 것들이다.

불교의례 축제는 모든 종교의례가 그렇듯이 그 종교가 가진 내재적 기원과 절차에 따라 특정한 장소에서 믿음을 함께 하는 사람들이 거행한다. 대소규모에 따라 집단적인 형식을 띠고 일체감과 합일적인 상태를 추구하는 점에서 축제의 속성과 일치한다. 불교에서는 이른바 '야단법석(野壇法席)'이라고 해서 야외에 단을 차리고 대중들이 참여하는 법회를 말하기도 한다. 불교문화 축제는 1995년 지방자치제 시행 이후

구 분		내 용	예 시
불교 의례 축제	수륙재(水陸齋)	영혼천도 발원의 의례	삼화사, 진관사, 백운사, 법성포 단오제, 부여 백제문화제
	개산대재(開山大齋)	사찰 창건 기념의 축제	큰 사찰, 봉은사, 범어사, 통도사, 금산사, 은해사
	영산재와 괘불재	부처의 영산회싱 싱징화 의례와 대형 괘불을 모시는 의례	불국사, 고성 운흥시, 제주 관음사, 해남 미황사, 부안 내소사
	우란분재(盂蘭盆齋)	조상의 천도를 비는 대중공양. 49재 형식	봉은사, 제주 관음사, 일본도 개최
	생전예수재(生前豫修齋)	생전에 미리 닦는 재	전국 주요 사찰
불교 문화 축제	복합형 축제	연등회, 사찰 문화축전, 대장경 축제	전국 사찰 연등회, 오대산, 팔만대장경 등 문화 축제
	테마형 축제	사찰음식 축제, 음악 축제, 생태자연 축제, 낙화놀이, 동제(洞祭)형 축제	사찰음식, 차 축제, 산사음악회, 생태 축제(연꽃, 들꽃, 꽃무릇, 단풍), 줄불놀이, 당산제, 동제, 풍어제

지역 축제가 크게 늘어난 것과 같이 2000년을 전후하여 양적으로 증가하였다. 이는 불교계 내외부의 다양한 수요와 시대적 흐름이 반영된 것으로 풀이된다. 지역 축제의 다변화와 차별화 과정에서 불교와 연계한 사례가 많아졌다. 동시에 사찰의 문회공간회와 불교의 문화포교 필요성으로 인하여 불교가 보다 개방적인 자세로 축제적 요소를 포용하였기 때문일 것이다. 몇 년 전에 찾았던 고즈넉한 오대산 월정사의 대웅전 앞에서 많은 대중이 참여하는 음악 축제가 시끌벅적하게 열리는 모습은 확실히 기존에 우리가 갖고 있는 조용한 산사의 모습과는 다른 것이다.

불교의 축제도 일종의 구조조정을 거쳐 더욱 내실화하고 있다. 한때 주변 사찰에서 유행처럼 쉽게 볼 수 있었던 사찰음식제나 음악회, 문화 축제들이 보다 특색 있게 차별화하는 형태로 발전하고 있다. 종교 축제도 운영이라는 측면에서 보면 일반 축제와 크게 다를 바 없다. 참신한 기획이 필요하고 참가자들의 호응을 끌어내는 콘텐츠와 프로그램이 뒷받침되어야 한다. 이웃 종교와의 교류와 협력도 필요하다.

불교는 한반도에 전래된 삼국시대부터 오늘에 이르기까지 오랜 역사와 전통을 우리 민족과 함께하였다. 따라서 상대적으로 다른 종교에 비하여 국내 활동 여건은 좋은 편이다. 특히 템플스테이를 살펴보면 더욱 그렇다. 여기서 사찰은 단순한 종교시설이 아니다. 우리 민족의 유구한 삶과 생활문화, 역사가 깃들어 있는 '전통문화'의 현장이자 조상의 유산인 것이다. 실제로 국보나 보물 같은 우리의 국가 지정문화재를 살펴보면 불교와 관련된 문화재가 많은 부분을 차지하고 있다. 개인이 가진 신앙과 상관없이 템플스테이는 한 번쯤 해볼 만하다. 한국의 사찰은 대도시와 떨어진 깊은 산골에 있는 경우가 많다. 당연히 공기는 맑고 주변은 조용하며 때로 적막하기까지 하다. 물론 도심에서 가까운 사찰들도 있는데 접근성이 좋아 편리하게 이용할 수 있는 장점이 있다. 사찰에서 자기를 돌아보는 성찰의 시간을 가지는 것은 여러모로 뜻깊다. 전국의 명산계곡에 있는 사찰을 돌아가며 순례하거나 한 곳에서 몇 달간 기거하는 사람들도 늘어나고 있다. 한 해의 마지막 날에 진행되는 해맞이 템플스테이에 참여한 적이 있다. 이후 몇 차례 사찰 체험을 하였는데, 대체로 조용하고 편안한 시간이었다.

마음의 안식과 사회의 평화, 국가의 안녕을 기원하는 것은 종파와 이념을 초월한다. 모든 국민이 한마음으로 염원하는 것이다. 다양한 종교가 상생하면서 이런 역할을 해준다면 더 바랄 나위가 없을 것이다.

苧
韓 (한)
山 (산)

일곱 번째 키워드: 자연과 일상생활 – 날마다 축제에 빠지다

일상의 축제화, 이벤트와 개인기가 어때서?

1990년은 한국의 문화정책 역사에서 중요한 해다. '문화부'라는 독립된 정부부처가 출범하였기 때문이다. 발자취를 돌아보면 문화부의 족보는 상당히 복잡한 편이고 문패도 비교적 자주 바꿔서 달았다. 지금은 문화체육관광부지만, 해방 이후 정부가 출범할 때는 문교부에 소속되어 있었다. 1968년에 홍보와 언론을 담당하던 공보부와 통합하면서 '문화공보부'란 명칭으로 22년을 존속한다. 오랜 민주화 과정을 거쳐 직선제 대통령 시절이 되었지만 여전히 권위주의 요소가 다분하던 당시의 정치 사회 상황에서 문화부의 신설은 상당히 의미 있는 제도 변화였다. 그러나 문화부는 힘이 없는 부처였다. 정권 차원에서는 대내외적으로 '문화'에 대한 관심과 의지를 보여주는 환영할 만한 정치적 메시지가 담겨 있었지만, 내면적으로는 그렇지 못했다. 권력을 갖고 있거나 굵직한 사업을 하는 것도 아니었다. 예산, 조직, 인력같이 정책을 실현하기 위한 수단이나 자원도 다른 부처에 비하면 빈약한 편이었다.

이렇게 밖으로는 화려해 보이지만 내용적으로는 첩첩 고민이던 어려운 시기에 문화부를 먹여 살린 것은 이른바 '개인기와 이벤트'가 아니었나 싶다. 물론 많은 부분은 이어령 초대 장관의 몫이자 역할이었다. 아이디어가 기발하고 발상과 기획이 뛰어난 분이다. 나는 당시 초임 사무관 시절이었는데, 이 분이 출제(?)한 기상천외한 지시사항이나 허무맹랑해 보이기까지 하는 사업들을 어떻게 처리해야 하는지 선임 공무원 선배들이 고민하던 모습을 가까이서 지켜볼 수 있었다. 힘없는 신설 부처 문화부는 머지않아 언론과 국민의 주목을 받았다. '문화의 부지깽이와 바람개비', 좁은 자투리 공간을 활용하는 '쌈지공원' 같이 용어도 생소하고 이름도 희한한 새로운 사업들이 많았기 때문이다. 한편 '현란한 수사에 능한 이벤트 부처'라는 비판도 있었는데, 대변인 이름으로 작성된 반론이 언론에 득달같이 실리기도 하였다.

사실 '개인기와 이벤트'는 상황에 따라 필요하기도 하고, 때로 적절하고 효과적일 수도 있다. 이른바 '돈 없고 힘없을 때' 존재감을 드러내고 성과를 내려면 이런 방법과 시도들이 유용하다. 어떤 의미에서는 고육지책의 하나일 수도 있다. 이벤트가 '사람들의 주목을 끌기 위한 반짝 쇼' 같다는 일부 비판도 있다. 하지만 이벤트가 단지 단기적이고 외형적인 것만 추구하는 것은 결코 아니다. 진정한 이벤트는 시대적 공간적인 상황에 대한 깊이 있는 고민을 거쳐 기획되고 구성된다. 당대의 성찰과 시대정신을 담아야 한다는 것이다. 또한 미래에 대한 지향과 비전을 보여 주어야 한다. 당연히 매력적인 콘텐츠와 프로그램이 있어야 한다. 거기에 재미와 공감, 화합과 감동이 함께 할 수 있다면 더없이 좋다. 비록 이벤트는 일회성으로 추진되더라도 사람들의 기억 속에 영원히 지속되는 아름다운 순간으로 남을 수 있는 것이다. 이는 축제가 지향하는 엑스터시 정신과 다르지 않을 것이다.

당시 문화부 내에서 '생활문화국'은 이벤트 업무가 많았다. '문화의 생활화, 문화의 일상화'를 표방한 부서인데 그 명칭을 보면 당시로서는 상당히 파격적인 선견지명의 작명이었다. 오히려 요즘 같은 시대에 맞는 이름이 아닌가 하는 생각이다. 실제로 지금 돌아보면 시대를 앞서가는 선진적인 일을 많이 한 것 같다.

신설 부처의 신설 부서인 만큼 예산은 아주 빈약하였다. 따라서 새롭게 시작한 사업은 관련 기업의 기부나 협찬에 예산의 상당 부분을 의존하였다. 마침 '기업문화'에 대한 관심이 높아지는 당시의 사회 분위기는 정부 사업에 대한 기업의 참여와 지원 확대에 큰 도움이 되었다. 이어령 장관은 기업문화 활성화의 전도사 역할을 자임하였다. 바쁜 시간을 쪼개어 여러 군데 기업의 행사에 참석하고, 수십 차례에 걸친 특강도 대부분 정해진 시간을 넘기면서까지 아주 열정적으로 진행하셨다.

당시 추진했던 사업의 하이라이트는 〈우정의 문화열차〉라는 스페셜 이벤트였다. 지역문화 활성화와 문화의 전국적인 생활화를 위하여 추진한 사업인데, 기차에 문화예술인을 태우고 전국의 주요 도시를 순회하면서 다양한 문화행사를 벌이는 것이었다. 여러 기관의 협조가 필요하고 예산도 많이 소요되었다. 문화부 자체 역량만으로는 거의 불가능해 보이던 사업이었다. 1990년대 초반의 국내 이벤트 사업 추진역량과 시스템도 아직 발전 초기라 진행 과정에서 난관이 많았다. 요즘이야 예산을 확보한 후 이를 담당할 민간의 전문 기획사에 대부분의 집행업무를 맡기면 그만이다. 의뢰한 부서에서는 큰 그림을 그리거나 진행 사항 점검, 사후 결과와 정산을 잘 챙기면 되는 것이다. 하지만 당시만 해도 중앙부처의 공무원들이 행사를 기획하고 직접 제작, 집행, 심지어 현장 연출과 관리까지 하는 경우가 다수였다. '기획사에 맡긴다'는 개념이 있기 전이었기 때문이다. 이 사업의 성공을 위해서는 기차가 핵심이었으므로 철도청의 협조가 필수적이었고 각 도시의 지방정부와도 긴밀하게 협력해야 했다. 서울과 지역에 거주하는 많은 문화예술인과 공연단체, 관계기관의 적극적인 참여도 필수적이었다.

천신만고 끝에 모든 일이 성사되었다. 철도역(驛)을 지역문화의 중심으로 육성한다는 취지에 의기투합한 결과 문화부와 철도청의 공동사업으로 추진하였다. 전체 열차는 객차 3량, 무대 객차 1량, 식당차 1량 등 총 8량으로 편성하였다. 드디어 1991년 10월 28일 임진각에서 발대식을 가진 후 공연단과 문화예술인 약 320명이 탑승한 '우정의 문화열차'가 경의선 최북단 문산역을 출발하였다. 참으로 벅찬 순간이었다. 이후 천안 - 서대전(1박) - 이리(익산) - 순천(1박) - 마산(1박) - 영주(1박) - 제천 - 원주를 거쳐 11월 1일 청량리에 도착하는 4박 5일간의 일정을 성공리에 마쳤다.

열차가 운행되는 도중에 열차 내외에서 문화행사를 진행하였다. 우선 열차 내 문화 활동으로 열차 식당과 무대 객차에서는 지역의 향토음식 판매와 각종 문화상품 전시, 세미나 등 발표회 개최, 해당 지역을 통과할 때마다 지역 특징을 소개할 수 있는 가요와 민요 방송 등을 실시하였다. 정차한 역에서는 대합실과 역 앞 광장, 각 도시의 시내 주요 공간을 활용하여 국공립 전문단체의 공연, 시화전, 꽃꽂이 같은 전시회와 강연회, 시 낭송회 등을 지역별로 다양하고 특색 있게 마련하였다. 지역의 많은 문화예술인과 주민들이 참여하여 큰 호응을 이루었다.

열차 자체를 독특한 문화 상징물이 되도록 장식하는 것도 큰 숙제였다. 차량의 앞쪽은 바람개비 문양이 있고, 옆면에는 다양한 색깔을 사용하여 색을 입혔다. 이런 사례는 이후에도 평화열차, 해랑, 관광순환열차, 바다열차, 와인트레인 등으로 계속 이어져 우리나라 철도의 특별 상품으로 더욱 발전해가고 있다.

〈우정의 문화열차〉는 문화부와 철도청, 여러 지방 도시가 협력하여 일구어낸 아주 특별한 프로젝트였다. 시작은 많은 사람이 반신반의하였지만, 결국은 성공적으로 마무리함으로써 신생 부처 문화부의 역량을 시험하고 가능성을 확인한 의미 있는 행사였다. 일상을 문화화하고 가까운 생활터전을 축제의 장으로 꾸민 유례 없는 이벤트가 아니었나 싶다.

세시풍속(歲時風俗)과 통과의례, 특별한 날을 허하다

세시풍속 하면 어쩐지 옛날 것이고 요즘 시대와는 동떨어진 느낌이 든다. 제4차 산업혁명이나 디지털 세대, 인공지능 같은 말들을 자주 접하게

설날 문화가족

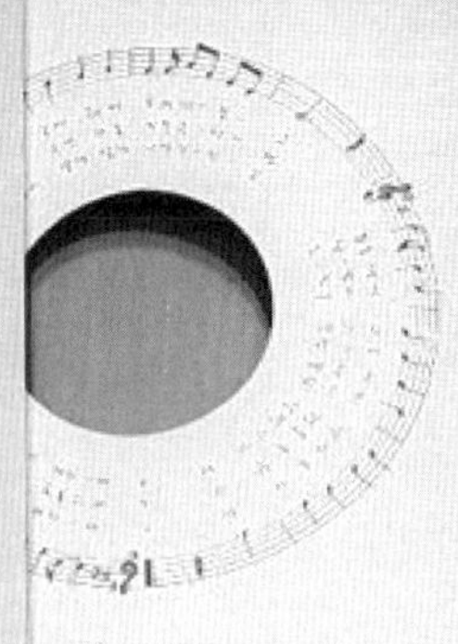

달 밤

순이가 달아나면
[illegible]
달님이 따라오고

분이가 달아나면
[illegible]
달님이 따라가고

하늘에 달님이 하나인데----
순이는 달님을 다리고
집으로 가고

분이도 달님을 다리고
집으로 가고

—조 지 훈

달 떠온다
달 떠온다

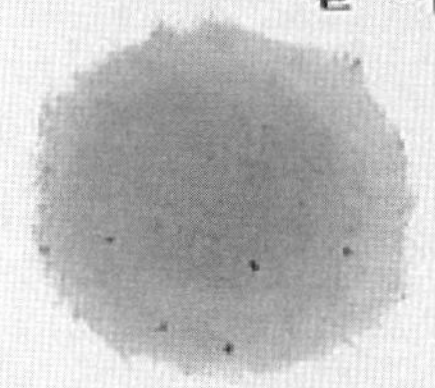

[illegible]
'[illegible] 문화가족' [illegible]
[illegible]

기획 문화부
발행 ▲現代 그음文化室

[illegible]이문화 조성을 위한 토론회

때 : 1991. 6. 28(금) 오후2시~5시반
곳 : 국립중앙박물관 강당

문 화 부

문화그림엽서 모음

문화부 그림엽서 문화가족

되니 그럴 법도 하다. 하지만 우리들의 삶은 시간이나 공간과는 떼어놓고 생각할 수 없을 정도로 밀접한 관계에 있다. 세시풍속은 바로 인류가 그런 오랜 시간의 흐름을 헤쳐 오면서 쌓아온 집단적인 기억이자 흔적에 속한다. 사람들은 되풀이되는 시간의 흐름을 구별하고 생활에 변화를 주기 위하여 달력을 만들고 특정한 날을 정하여 기념하였다.

이처럼 일정한 시간에 맞추어 무엇인가 의미 있게 예로부터 전해지는 것이 농경 사회의 풍속이고, 한 해의 절기나 달, 계절에 지키는 생활 관습이다. 그중에 큰 것은 설날, 정월 대보름, 단오, 추석과 같은 명절이다.

이런 명절과 24절기에 따른 의미나 풍속, 유행과 관련된 사항들은 때가 되면 대개 뉴스에서 다루어진다. 자연스럽게 사람들의 일상생활 속에 화제가 되기도 한다. 명절도 그렇지만 삼복이나 동지, 정월 대보름 등은 특히 음식과 관련해서 오랜 풍습이 전해져 온다. 복날 보양식을 찾는 일은 아직도 주변에서 흔히 볼 수 있다. 큰 회사의 구내식당에서는 삼계탕이 특식으로 나오는 경우가 많다. 동지에는 팥죽을 먹기도 한다. 이런 일은 계절의 변화에 따른 몸의 기를 보충하면서 복을 비는 의미를 담고 있다.

전통적인 놀이는 종교의식이나 세시풍속에서 출발하여 발전한 경우가 많다. 농경민족인 우리나라의 놀이는 생산을 위한 제의와 세시풍속에서 비롯된 것이기 때문이다. 한 해의 풍년이나 마을의 안녕을 비는 굿을 마친 뒤에는 신령과 함께 어울려 흥겹게 춤을 추고 노래를 부르는 것이 일반적이다. 대체로 우리의 민속놀이는 전반부에서는 제의로, 후반부에서는 놀이로 진행된다. 제의에서 얻은 신명은 곧 놀이로 이어져서 신나게 노는 바탕이 되지만 일할 때 피로를 모르고 일하게 만드는 원동력이 되기도 하였다. 이들은 바로 축제의 원형으로서 시대 흐름에 따라 계속 분화하고 발전해가는 모습을 보인다.

1990년 당시 문화부는 세시풍속을 활용한 전통문화의 현대화사업을 다양하게 추진하였다. 설날이나 추석 같은 우리의 전통 명절과 건전한 놀이문화를 새롭게 재조명하는 기획들도 추진하였다. 그중에 명절을 맞아 전통문화 책자를 만들어 고속도로 톨게이트에서 배포한 사업이 있었다. 설날이나 추석이 다가오면 명절의 의미와 풍속, 예법 등이 담긴 30여 쪽에 이르는 책자를 제작하여 고향 가는 사람들에게 나누어 주던 일이 기억에 생생하다. 요즘에도 이 사업은 계속되고 있다. 쌍륙(雙六), 가투(歌鬪) 같이 이름도 생소한 전통놀이를 현대적으로 재창조하여 시연회를 열고 일반에게 보급하기도 하였다. 이런 전통놀이들이 다양한 외래문화의 유입과 디지털 기술의 급격한 발달로 사라져가고 있어 한편으로 아쉬운 마음이다. 그때 문화부가 벌인 새로운 기획 사업들은 현재 정부 사업의 중요한 틀과 원형이 된 경우가 많다. 지금까지도 계속 이어지고 있거나 제도적으로 정착한 사례도 있다. 다른 기관이나 분야에 파급되기도 하였다. 매달 특정 인물을 선정하여 기념사업을 펼치는 '이달의 문화인물' 사업은 여러 기관의 벤치마킹 대상이었다.

'통과의례(通過儀禮)'는 보다 개인적인 경우로 특화되어 있다. 생물체로서 존재하는 인간은 시간의 흐름 속에 구속될 수밖에 없다. 태어나서 성장하고 통과의례를 거쳐 성인이 되는 과정은 자연스러운 시간의 흐름을 반영한다. 여기서 통과의례란 사람이 태어나서 생을 마칠 때까지 지나는 몇 고비의 의례나 의식을 말한다. 일반적으로 출생, 성인, 결혼, 사망이 가장 중요한 네 가지로 알려져 있다. 동양에서는 흔히 관혼상제(冠婚喪祭)를 4례(四禮)로 치기도 한다. 출생에서 죽음에 이르는 인간의 생리적 주기는 모두 같지만, 통과의례의 구체적 내용과 형식은 문화권에 따라서 다르다.

통과의례란 용어는 독일 태생 프랑스의 인류학자 방 주네프(Arnold Van-Gennep)가 1909년 『통과의례(Les rites de passage)』란 저서를 출간하면서 처음 사용하였다. 인간 삶의 전환점을 이루는 중요한 순간을 설명하는 데 매우 유용한 개념이다. 방 주네프에 따르면 모든 개인은 일생을 통해 여러 지위를 통과하는데, 이러한 지위의 변화는 사회에 따라 다양하게 구성된 의례에 의해 확인되고 전승된다. 통과의례는 개인의 성장 과정과 함께 자연스럽게 행해지는 의례다. 넓은 의미로는 공간의 이동이나 새로운 신분 또는 지위의 획득 등 다양한 일을 계기로 이루어진다. 한마디로 통과의례는 '스페셜 이벤트'에 가까운 개념이라고 할 수 있다.

통과의례는 필연적으로 축제를 수반하는데, 축제가 사회규범을 반영한 특별한 문화현상이기 때문이다. 사람은 일생을 살아가는 과정에서 무수히 많은 통과의례를 거쳐야 한다. 어떤 사람이나 살다 보면 새로운 상태나 장소에 이르고 특정한 지위나 신분을 가지며 시간이 지나면서 나이를 먹게 된다. 이런 새로운 변화와 상황이 일어날 때 축제가 따르는 것이다. 갖가지 의례나 의식, 생일 축하, 결혼식, 성년식, 어떤 단체에의 가입 및 승진, 그밖에 입학식, 졸업식, 국왕이나 대통령의 즉위시 등 우리 자신이나 주위에 그런 사례는 엄청나게 많다. 모든 사람은 각자 개인이 주인공이고 그 사람 수만큼 통과의례나 축제의 형식이 따르기 때문이다.

가장 흔하고 일반적인 것이 생일이다. 생일은 매년 돌아온다. 누구에게나

일 년에 한 번씩은 반드시 온다. 입학이나 승진 같은 사회적인 의례와는 또 다른 것이다. 사람의 인생에 있어 최대의 축제는 단연 결혼식이 아닐까? 결혼식은 대개 화려하고 성대하다. 인생에 한 번뿐일 경우가 많고 결혼이 갖는 생물학적 의미와 사회적 파장이 그만큼 크기 때문이다. 결혼식은 그 나라 문화의 특성을 살펴볼 수 있는 흥미로운 현장이다.

인도의 결혼식은 화려하기로 유명하다고 한다. 3일간 진행되는 결혼식에 신부의 아버지는 전 재산의 20%를 쓴다는 이야기까지 있을 정도이다. 온몸과 집을 치장하는 장식과 예물, 음식과 손님 대접에 그만큼 많은 경비를 지출한다는 얘기다. 최대한 많은 공을 들이면서 최대한 멋지고 화려하게 거행함으로써 일생일대의 축제를 오랫동안 기억하고 싶은 것이다. 오죽하면 "결혼식 한번 치르기가 하도 힘들고 거추장스러워 두 번 결혼식은 다시 못하겠다"는 말이 있을 정도일까? 결혼식은 두 사람이 하는 것이지만 인도의 결혼식은 유달리 가족 간의 결합과 유대를 강조한다. 가장 좋은 신붓감으로 '시댁에 잘 적응하는 여자' 를 꼽는다고 한다. 그만큼 두 가족 간의 유기적·화학적 결합을 도모함으로써 공동체의 평화를 유지하고 전승하는 데에 의미를 두는 것이다. 이러한 사회적 인정과 분위기를 바탕으로 인도의 신랑신부는 대부분 백년해로를 한다고 한다. 이혼율이 아직 1%도 채 되지 않는다고 하니 인도 사회의 전통과 결속이 얼마나 중요한지 알 수 있다.

2016년 봄에 출장을 다녀온 우즈베키스탄의 결혼식도 거하기는 마찬가지다. 성대한 음식과 음악, 춤을 겸하여 밤새 피로연을 하는 것이 예사라고 한다. 우즈베키스탄은 이슬람국가이지만 비교적 개방적이다. 소비에트연방에서 독립한 1991년 우리와 즉시 수교관계를 맺고 활발하게 교류하고 있다. 최근 한국과 한류에 대한 관심이나 인기가 크게 높아지고 있다. 월드컵 예선에서 유난히 우리와 자주 만났다. 축구뿐만 아니라 정치·경제·문화 등 여러 방면에서 많은 교류가 이루어지고 있어 한국과 한국 사람에게 친숙하다. 특히 여성들이 활동적이어서 직장과 사회생활을 열심히 하는 편이었다. 출장을 갔을 때 현지에서 만난 사람들은 아주 친절하고 쾌활하였다. 콘퍼런스 이벤트뿐만 아니라 매사에 적극적이었다. '춤추기' 는 거의 국민적 오락처럼 보였다. 콘퍼런스 마지막 날 푸짐한 음식과 함께 모든 참석자가 함께하는 야외 만찬 겸 환송연이 있었다. 그런데 무대에서는 공연과 춤이 끝없이 계속되었다. 과연 축제에도 친화적이어서 우즈베키스탄 민요(3/4박자)와 전통춤(페르가나 춤과 호레즘 춤)은 국민의 사랑을 받는 주요 가무로 꼽힌다고 한다. 또한 봄 축제, 튤립 축제, 면화 추수감사 축제, 종교적 명절 등을 기념한다. 명절에는 '차반' 이라 불리는 전통의상을 입고 노래와 춤을 즐긴다고 한다. 축제는 종교보다도 먼저 모든 사람의 삶과 생활 속에서 사랑을 받는 셈이다.

축제가 많으면 나쁜가?

지금부터 20여 년 전 우리나라의 축제는 폭발적인 성장기를 맞는다. 한국 지역 축제 총괄평가보고서(2006)에 의하면 1991년부터 2005년까지 새로 만들어진 축제가 906개, 2006년 기준으로 집계된 전국 축제는 1,176개에 이른다. 이런 양적 팽창에는 1995년 본격적인 지방자치제도의 시행이 큰 작용을 하였다. 지역의 자원 발굴과 경제 활성화 측면에서 전환점이 되었기 때문이다. 무분별할 정도로 난립한 지방의 축제는 정부가 평가체제를 기반으로 한 '문화관광 축제 제도'를 도입함으로써 질과 경쟁력 확보의 시대로 진입하게 된다. 이후 한국 축제는 괄목할 만한 전환과 발전의 과정을 보여준다.

요즘 지역 축제는 2,500여 개에 달한다고 한다. 숫자상으로 하루에도 일곱 개 가까이 국내 여기저기서 열리는 것이다. 이른바 '축제 공화국'이라고 하여도 과언이 아니다. 그런데 이런 현상을 꼭 나쁘게 볼 것만은 아니라는 생각도 든다. 문제는 꼭 필요한 축제냐 하는 것이다. 목적이 분명하지 않고 효과가 불확실한 경우는 없는지 살펴보아야 한다. 개최 비용이나 준비에 따르는 시간, 인력도 내실 있는 운영이 필요하다. 지나치게 많은 비용을 들이지 않고도 우리 여건에 맞고 삶을 풍요롭게 할 수 있다면 축제나 이벤트는 생활의 활력소가 될 수 있다. 결국 축제를 운영하고 즐기는 사람들의 문제인 것이다.

지역 축제 유형을 분석해보면 문화예술 축제, 전통문화 축제, 지역특산품 축제, 자연관광 축제 등 네 가지가 많다. 앞의 두 축제는 지역의 전통과 역사, 문화예술과 같은 문화유산을 소재로 한다. 여기서 주로 언급하는 것은 뒤의 두 축제인데, 지역에서 직접 산출된 것, 지역의 자연이나 생태와 관련이 큰 것들을 소재로 한다. '지역특산품 축제'는 지역에서 생산된 독특한 생산품으로서 농수축산품이나 공산품 등을 판매하는 것을 주목적으로 한다. 금산 인삼 축제, 이천 쌀문화 축제, 양양 송이 축제, 강경 젓갈 축제, 이천 도자기 축제, 인제 빙어 축제 등이 대표적이다. '자연관광 축제'는 지역의 자연환경과 관광거리를 중심으로 관광객을 유치하기 위한 축제다. 함평 나비 축제, 보령 머드 축제, 화천 산천어 축제, 무주 반딧불 축제, 고성 공룡나라 축제, 연천 구석기 축제, 진도 신비의 바닷길 축제 등을 들 수 있다.

우리나라는 사계절이 뚜렷한 덕분에 지역 특산품과 자연관광을 주제로 다양한 축제를 기획할 수 있다. 계절이 바뀔 때마다 가볼 만한 단골 축제를 소개하고 접하는 것은 이제 일상적인 일이 되었다. 계절이 지나가는 하늘 아래 늘 축제가 있는 것이다. 이런 점에서 우리는 자연과 계절의 큰 축복을 받은 셈이다. 특히 여행과 나들이에 관심이 커질수록 축제에 대한 수요는 높아진다. 앞의 예시에서 보는 것처럼 성공사례도 많다. 비교적 길지 않은 기간에 그 지역만의 특별한 볼거리와 즐길 거리를 부각할 수 있기에 가능한 일이다.

전국 각 지역 중에서도 충청남도 서천은 사시사철 이런 축제가 이어지는 곳이다. 우리나라의 많은 지역처럼 서천 또한 인심 좋은 사람들이 아름다운 자연에 터를 잡고 산다. 푸른 산이 있고 비단결 같은 금강이 바다와 만나는 곳에 있어 물산이 풍부하다. 서천의 한 해는 천연기념물로 지정된 동백나무 숲이 무성한 서해안 마량포구의 해넘이 해돋이 축제로 시작한다. 봄이 오면 서해안 일대에서는 주꾸미와 자연산 광어, 꼴뚜기와 갑오징어 축제가 열린다. 6월에는 1,500년 전통의 멋을 간직하고 있는 한산모시 문화제가 무대에 오른다. 한산모시 짜기는 유네스코 세계문화유산으로 지정되어 있다. 여름철에는 춘장대 해수욕장에서 흥겨운 문화예술 축제가 펼쳐진다. 축제의 계절인 가을이 오면 '집 나간 며느리도 돌아온다' 는 전어와 맛 좋은 꽃게 축제가 관광객들의 입맛을 사로잡는다. 서천에는 백제 시대부터 전통의 맛과 향기로 유명한 소곡주도 있다. 한번 잔을 기울이면 취한 줄도 모르고 계속 마시게 된다는 '앉은뱅이 술' 로 알려져 있다. 가을이 깊어 가면 금강 하류의 신성리 갈대밭에서는 달빛문화 갈대 축제가 열린다. 사람의 키를 훌쩍 넘는 이 갈대밭은 영화 〈JSA-공동경비구역〉을 촬영한 곳이다. 한 해가

저물 무렵에 금강 하구는 철새 조망의 명소로 변신한다. 많은 사람이 방문하여 탐조 여행을 즐긴다.

축제 연구에서 볼 때 김제 지평선 축제는 주목할 만한 사례이다. 전통문화적 요소와 지역 특산품 요소가 함께 있는 축제다. 이 축제가 주제로 삼고 있는 쌀농사와 농경문화는 우리나라 농촌 어디서나 흔하게 볼 수 있다. 그만큼 축제로 성공하기 어려웠다. 그런데 2015년 문화체육관광부의 대표 축제로 선정된 모범 사례다. 그것도 4년 연속으로 선정되었으니 명실상부하게 대한민국을 대표하는 간판 축제라고 할 수 있다. 처음 1999년에 시작하여 지금은 100만 명이 넘게 찾는다. 시작할 즈음만 해도 우루과이 라운드(UR) 서비스협상 타결과 농산물 개방 이후 농촌이 어느 때보다 힘겨운 시기였다. 주민들의 생존과는 관계없는 소란스러운 행사로 비쳐서 외면과 냉대 속에서 자생력을 시험받는 때였다.

명칭부터 애매하다. 언뜻 끝없이 광활한 호남평야가 떠오르기는 하지만 '도대체 무엇을 보여주는 축제인지?' 고개가 갸우뚱해진다. 보령 머드 축제나 함평 나비 축제처럼 단순하고 강렬한 이미지가 약하다는 것이다. 그런 난관과 불확실함을 이기고 성공적인 축제로 발돋움하였다. 우리나라 최대의 곡창지대를 배경으로 전통적인 벼농사와 농경문화를 오늘에 새롭게 재조명한 덕분이다. 거기에는 참여와 경연, 놀이와 교육

이라는 다양한 행사와 풍부한 즐길 거리가 함께 한다. 농사를 모르는 세대들에게 수확의 기쁨을 느끼게 하는 생활사의 체험과 전통의 전승 기능도 제공하고 있다.

반딧불 축제는 인연이 있는 축제다. 1990년 무렵 생활문화와 지역 문화 활성화를 위해 분주하던 시절이다. 사라져가는 '반딧불이'를 찾기 위하여 전국 각지에 애타게 수소문하던 시절이었다. 과연 찾을 수 있을까? 여름밤에 반딧불이의 불빛으로 책을 읽었다는 '형설지공(螢雪之功)'의 흔적을 찾아볼 수 있을지 궁금하였다. 열대지방이 원산지인 반딧불이는 전 세계에 2,000종이 넘는데, 한반도에는 주로 청정지역의 습지나 하천에 불과 8종만이 서식하고 있다고 한다. 갈수록 심각한 개발과 도시화, 환경오염으로 사라져가는 멸종 위기의 곤충이다. 1982년에 천연기념물로 지정되었다.

전국에 수소문한 끝에 다행스럽게도 무주의 덕유산 자락에서 반딧불이를 찾았다. 이렇게 반딧불이는 다시 부활의 날갯짓을 펼치게 되었고, 무주군은 1997년에 제1회 반딧불 축제를 개최하여 1999년에 정부의 '문화관광 축제'로 선정된다. 이후 성장을 거듭한 이 축제는 20회를 맞이한 2016년에는 문화체육관광부의 최우수 축제로 4년 연속 선정되었다. 13년 연속으로 우수 축제로 꼽힐 만큼 명실상부한 대한민국 간판 축제로

2016 정부지정 최우수축제

자연의 빛 생명의 빛 미래의 빛

제20회 무주 반딧불축제

The 20th **Muju Firefly Festival**

남대천 맨손 송어잡기

무주반딧불축제

부상한 것이다. 무주는 축제와 더불어 곤충 박물관, 반디 랜드, 과학관과 청소년 야영장을 갖춘 반딧불이 환경 주제공원을 조성하여 많은 관광객의 발길을 이끌고 있다. 산간벽지의 소외지역이 이제는 청정 환경 주제의 생태 관광과 문화체험의 명소로 자리매김하고 있으니 참으로 상전벽해의 세월이 아닌가 싶다.

Index

본문에 소개된 주요 축제들

1부 관광

[산 페르민 축제(스페인)]

스페인 북부 바스크 지방의 팜플로나 시에서 매년 7월 도시의 수호성인 성 페르민(San Fermín)을 기리며 개최하는 축제. 9일 동안 이어지는 축제 기간에는 교회가 마련한 종교 행사와 함께 다양한 민속 음악과 춤 공연, 장작 패기 같은 바스크 지방의 전통 놀이가 시내 전역에서 펼쳐진다. 그중 산 페르민 축제를 유명하게 한 것은 '엔시에로'(Encierro)라고 하는 소몰이와 매일 저녁 열리는 투우 경기다. 축제 애호가로 유명한 헤밍웨이는 여행 도중 우연히 알게 된 이 축제에 깊이 매료되어 10여 년이나 직접 참여하였다고 한다. 그의 대표작인 〈태양은 다시 떠오른다〉에 축제를 소개하면서 널리 알려졌다. 산 페르민 축제는 흥분과 스릴, 몰입과 카타르시스가 함께 하는 축제다. 축제에 미친 나라 스페인의 수많은 축제 중에서도 가장 스페인다운 축제로 꼽히는, 꼭 가보고 싶은 축제다.

[리우 카니발(브라질)]

기독교의 금욕기인 사순절(四旬節) 직전 주말에 펼쳐지는 사육제(謝肉祭)로 매년 2월 말부터 3월 초에 브라질의 리우데자네이루에서 열린다. 포르투갈 식민시대에 시작하여 1930년대에 삼바 학교들이 참여하면서 브라질만의 특별한 모습으로 발전하였다. 브라질 사회의 이질적인 인종과 문화를 통합하는 용광로 같은 역할을 해왔다. 카니발의 핵심인 삼바 퍼레이드는 독특한 분장과 장식, 다채로운 행렬과 정열적인 춤으로 화려함의 극치를 자랑한다. 지구촌 최대의 볼거리이자 관광 상품으로 뉴스에도 자주 오르내린다. 퍼레이드가 열리는 곳은 특별히 설계된 '삼보드로무'라는 경기장이다. 2016 리우 올림픽 때는 여기서 양궁 경기가 열려 우리와 뜻밖의 인연을 맺었다. 카니발은 브라질뿐만 아니라 같은 기간에 세계 각지에서 열린다. 니스, 바젤, 쾰른, 피렌체, 미국 뉴올리언스의 '마르디 그라(Mardi Gras)' 등이 유명하다.

[비비드 시드니(호주)]
호주의 겨울철이 시작되는 5월 말~6월 중순에 시드니에서 열리는 '빛, 음악과 아이디어'의 축제. 2009년 처음 시작한 이 축제의 백미는 세계적인 미항인 시드니 전체를 캔버스와 스크린 삼아 펼쳐지는 환상적인 '빛의 축제'다. 세계 유수의 디자이너와 아티스트가 참여하여 만든 화려한 조명과 레이저, 3D 그래픽이 어우러진 미디어 파사드와 첨단 영상 예술 쇼는 잊을 수 없는 감동과 환호의 순간을 연출한다. 특히 밤바다를 배경으로 수놓아지는 오페라 하우스의 아름답고 현란한 돛 조명은 단연 압권이다. 빛의 축제와 함께 다양한 '음악' 프로그램이 이어지고 아시아 태평양 지역의 창조산업을 조명하는 '비비드 아이디어'도 열린다.

2부 문화예술

[에든버러 축제(영국)]
매년 여름 스코틀랜드의 아름다운 고도 에든버러는 도시 전체가 신비로운 예술적인 분위기에 휩싸인다. 에든버러 인터내셔널 페스티벌(Edinburgh International Festival)은 수준 높은 클래식 음악, 오페라, 연극, 춤 등을 공연하는 세계적인 공연예술 종합 축제다. 1947년 제2차 세계대전 이후 시작하여 매년 8월에 3주 동안 이어진다. 이 시기에 에든버러에서는 프린지 축제, 밀리터리 타투, 아트 페스티벌, 도서 축제, 국제영화제 등이 함께 개최된다. 흔히 이들 모두를 아울러 에든버러 축제라고 한다.

인터내셔널 페스티벌에 초청받지 못한 작품들이 모여서 시작한 프린지(fringe) 축제는 참가작이나 공연장소가 개방되어 있어 갈수록 인기 상승 중이다. 1999년 〈난타〉가 참가한 이래 한국에서도 꾸준히 작품을 선보이고 있다.

[빈필 신년음악회와 잘츠부르크 음악 축제(오스트리아)]
음악의 나라 오스트리아를 대표하는 세계적인 축제 이벤트. 세계 3대 오케스트라의 하나로 꼽히는 빈 필의 신년음악회는 음악 이벤트 중에서 큰 화제다. 가격도 비싸지만, 표를 구하는 것 자체가 어렵다. 최근에는 전 세계에 실시간으로 중계되어 5,000만 명이 넘는 클래식 팬이 함께하는 최고의 새해맞이 행사가 되었다. 주요 프로그램은 왈츠와 행진곡 등 새해를 축하하는 밝고 경쾌한 곡들이다. 특히 요한 슈트라우스 부자가 작곡한 음악사의 걸작인 '아름답고 푸른 도나우', '라데츠키 행진곡'은 단골 레퍼토리다.

모차르트와 카라얀의 탄생지인 잘츠부르크는 그림같이 아름다운 음악의 도시다. 영화 〈사운드 오브 뮤직〉의 배경으로도 유명하다. 1920년부터 세계 음악 축제의 대명사가 된 잘츠부르크 페스티벌을 매년 여름 5~6주 동안 개최한다. 세계적으로 유명한 오케스트라와 지휘자, 연주자, 성악가들이 모여 연극, 오페라, 관현악, 실내악 공연을 펼치는 종합 예술 축제다. 매년 25만 명 이상의 관람객이 함께하는데 에든버러 국제 페스티벌, 바이로이트 페스티벌과 함께 유럽의 3대 음악 축제로 손꼽힌다.

[앙굴렘 만화 축제(프랑스)]
프랑스 서남부에 위치한 앙굴렘 시에서 매년 1월에 열리는 국제 만화 축제. 와인으로 유명한 보르도에서 가까운 앙굴렘은 로마 시대 이전부터 발달한 고도이다. 인구 5만의 조그만 도시에 해마다 20만 명 이상의 관람객이 모여들면서, 도시의 겨울이 흥분과 설렘 가득한 축제의 마법 속으로 빠져든다. 1974년에 시작된 만화 축제는

규모나 영향력 면에서 세계적이다. 축제에는 프랑스는 물론 세계 각국의 만화와 관련 영상물이 전시되고, 다양한 강연회와 상영회, 시상식, 책 박람회 등이 진행된다. 프랑스는 만화를 오래전부터 예술로 인정하고, 매년 신간만 2,000여 종에 달할 정도로 만화 출판 시장이 활성화되어 있다. 만화 강국인 한국은 2003년 주빈국으로 첫선을 보였고, 10년 뒤인 2013년에 두 번째로 주빈국 초청을 받았다.

[대중음악 축제 - 홍대, 세계음악, EDM]
젊은이들의 해방구인 홍대는 일상이 축제 같은 곳이다. 홍대의 간판 축제는 매달 마지막 주 금요일에 열리는 〈라이브 클럽 데이〉일 것이다. 열 군데 이상 클럽과 공연장에서 다양한 색깔을 뿜어내는 밴드의 LIVE 공연을 즐길 수 있다. 〈잔다리 페스타〉는 9월 말~10월 초 열리는 인디음악 중심의 국제 음악 축제다. 홍대 인근의 클럽에서 활동하는 국내 뮤지션들뿐만 아니라 외국팀도 다수 참여한다. 2016년에 국내 최대 규모인 160여 팀이 함께하였다.

세계 음악의 다양성을 체험할 수 있는 월드 뮤직 축제는 전주, 울산과 광주에서 열린다. 2001년에 시작한 전주의 소리 문화 축제는 우리의 전통음악과 월드뮤직이 어우러지는 행사이고 울산의 월드뮤직 페스티벌은 2016년에 벌써 10회를 맞았다. 광주의 국립아시아문화전당에서도 한여름 밤 세계 음악의 향연으로 관객을 이끄는 월드뮤직 페스티벌을 매년 열고 있다.

EDM은 최근 몇 년 사이에 가장 뜨거운 음악이다. EDM의 원산지인 유럽에서는 많은 축제가 열린다. 평균 30여만 명이 모이는 〈암스테르담 뮤직 페스티벌〉은 관객들에게 일정량의 엑스터시, 대마초 등이 허용된다고 한다. 국내도 열기는 크게 뒤지지 않는다. 이미 4년 이상 행사를 벌여온 〈울트라뮤직페스티벌(UMF)〉을 비롯해, 〈글로벌게더링코리아(GGK)〉, 〈하이네켄스타디움〉 등이 이어진다. K-Pop계를 이끄는 대형 기획사인 SM과 YG에서도 EDM 레이블 설립과 페스티벌 개최를 준비하고 있다.

3부 스포츠

[올림픽]

올림픽은 명실상부한 지구촌 최대의 축제다. 2016년 리우올림픽 때는 사상 처음으로 난민선수단이 참가하여 올림픽의 이상과 정신을 보여주었다. 올림픽은 세계 최고의 기량을 가진 선수들이 4년간 닦은 실력을 겨루는 경기지만 단순한 스포츠 행사만이 아니다. 오랜 준비를 거쳐 한 나라의 모든 역량을 보여주는 국력 과시의 장이다. 특히 개·폐막식은 올림픽을 통한 인류의 숭고한 비전과 이념을 담아내는 특별한 문화 이벤트다. 1988년 서울올림픽은 우리가 국제사회의 신흥 강국으로 도약하는 결정적 계기였다. 2018년 평창 동계올림픽은 한층 성숙해진 대한민국을 보여주는 기회다. 올림픽은 여름과 겨울 2년마다 지구촌을 뜨겁게 달구는 인류의 위대한 축제다.

[월드컵]

축구는 스포츠 중에서 가장 단순하면서도 사람을 열광하게 하는 경기로 꼽힌다. 월드컵은 단일 종목으로는 세계에서 가장 크고 인기 있는 스포츠 행사면서 제일 먼저 탄생한 세계 대회다. 한국은 1954년 스위스 월드컵에 처음 참가하였고, 1986년 멕시코 대회부터 매번 본선 진출에 성공하였다. 특히 아시아 최초로 4강에 진출하는 쾌거를 이룩한 2002년 월드컵은 온 국민이 함께한 축제였다. 길거리 응원이라는 전대미문의 거리 축제에 우리 자신이 놀랐고 전 세계 또한 커다란 호기심으로 우리를 주목하였다. 4년마다 우리를 잠 못 이루게 하는 월드컵, 그 열기와 환호성은 2018년 러시아로 이어지고 있다.

[경마]

경마는 현재 전 세계 대부분의 나라에서 개최된다. 한국의 경마는 1920년대에 시작되었고, 1954년부터 뚝섬 경마장 시절을 거쳐 1988년 과천에 올림픽 승마경기장 겸 경마장을 오픈하여 오늘에 이른다. 경마는 건전한 스포츠 레저이자 동시에 사행성 짙은 오락이다. 어김없이 주말이면 과천의 경마장과 마사회 장외 발매소(전국 30여 개소)에 팬과 꾼들이 구름처럼 몰리는 이유다. 경주와 배팅 방식은 여러 가지가 있는데, 순서에 상관없이 1, 2등으로 먼저 들어오는 두 마리의 말을 맞히는 '복승식(複乘式)'이 가장 인기다. 대중성과 오락성이 큰 사행산업은 국가적으로 관리한다. 조성된 공익자금은 소외계층을 위한 문화와 복지 등에 유용하게 쓰인다. 카지노, 경륜, 경정, 복권 등 사행산업 중에서도 경마는 매출액 비중이 전체의 40%에 육박할 정도로 높다. 입장객도 가장 많다.

4부 정치와 권력

[북한의 축제]

북한에서는 명절이나 기념일이 축제에 가깝다. 체제 유지를 도모하고 정권에 대한 충성심을 유발하기 위한 것이 다수를 차지한다. 김일성과 김정일의 생일, 북한군과 노동당 창건일, 전승기념일 등이다. 북한의 과시적 쇼 중에서 대표적인 것은 대규모 집단체조 및 예술공연 〈아리랑〉이다. 2002년 김일성의 90회 생일을 맞아 처음 등장하였는데, 외국인 관광객 유치와 체제선전이 주목적이다. 공연진이 10만여 명에 이를 정도로 엄청난 규모를 자랑한다. 2016년 8월에는 평양 대동강 변에서 〈대동강맥주 축제〉를 열었다. 이 또한 국제사회의 대북제재 속에서도 북한의 건재 과시와 새로운 외화벌이로 대동강맥주를 선전하기 위한 것이라는 분석이다. 북한의 유일한 국제영화제인 〈평양 국제영화축전〉은 김정일이 1987년 만들어 시작되었다. 국제영화제이지만 외국영화는 많지 않고, 정치적인 이슈나 갈등을 다룬 영화는 철저히 통제된다. 볼거리가 부족한 북한 주민들의 관심과 호응도는 높다.

[한국의 촛불집회]

한국의 집회는 과거 '쇠파이프와 화염병'으로 대표되는 과격하고 엄숙한 방식에서 2000년대 들어 화합과 소통을 지향하는 축제와 문화제의 형식으로 바뀌고 있다. 촛불집회는 온라인이나 모바일의 보급에 따라 새로운 한국식 정치문화로 계속 확산일로에 있다. 2002년 미군 장갑차에 희생된 효순·미선양 추모 시위, 2004년 노무현 대통령 탄핵반대 시위, 2008년 미국산 쇠고기 협상규탄 시위가 대표적이다. 최근에는 2016년 겨울철의 박근혜 대통령 퇴진 관련 촛불집회에 이르러 규모와 형식이 정점에 이르고 있다. 평화적인 축제 성격의 촛불집회가 활성화된 것은 현행 '집회 및 시위에 관한 법률'의 영향이 크다. 해가 진 이후에는 옥외집회나 시위를 금지하고 있으나, 문화행사 등은 예외로 인정하기 때문이다.

[바이로이트 축제(독일)]

독일 남부 바이에른주의 소도시인 바이로이트에서 매년 여름 7~8월에 열리는 음악 축제. 축제에는 19세기 독일 낭만파의 거장인 작곡가 리하르트 바그너의 오페라 작품만이 무대에 오른다. 주요 레퍼토리는 대표작인 니벨룽겐의 반지를 비롯한 탄호이저, 트리스탄과 이졸데, 파르지팔, 방황하는 네덜란드인 등이다. 축제극장은 인간 존재의 본질과 구원을 그린 바그너의 '악극'을 공연하기에 적합한 구조로 특별히 설계하여 신축하였다. 바그너는 열광적인 지지자들이 많은 음악계의 히어로이자 최악의 팬덤을 가진 작곡가로 꼽히기도 한다. 바이로이트 축제는 '바그네리언(Wagnerian)'이라고 불리는 바그너 음악 애호가들의 지지 속에서 유럽을 대표하는 3대 음악제의 하나로 자리 잡았다. 음악을 좋아한다면 한 번쯤 가볼 만한 축제다.

5부 경제와 자본

[만국박람회와 EXPO]

박람회는 산업과 무역의 트렌드를 보여주는 장이다. 시대를 선도하는 첨단기술과 발명품, 새롭고 창의적인 건축과 문화상품들이 첫선을 보인다. 최초의 근대적 박람회는 1851년 영국의 런던에서 열려 대성공을 거두었다. 라이벌이던 프랑스는 1889년 파리박람회에 310m의 에펠탑을 선보여 자존심을 회복한다. 20세기에 들어오면서 각국의 박람회 개최를 위한 경쟁은 더욱 치열해져, 1928년 국제박람회 조약이 제정되고 전담 사무국에서 박람회(EXPO)의 승인 여부를 결정해왔다. 한국은 1993년 대전에 이어 2012년 여수에서 열었다. EXPO와 함께 산업 분야별로 대규모 박람회도 다양하게 열린다. 19세기 말에 시작한 세계적인 모터쇼(프랑크푸르트, 파리, 디트로이트, 도쿄 등), 최대의 전자 박람회인 소비자 가전 쇼(CES), 이동통신산업 전시회인 모바일 월드 콩그레스 등이다.

[큐켄호프 축제(네덜란드)]

유럽의 봄은 암스테르담 남쪽의 큐켄호프에 튤립이 피면 시작된다고 한다. 매년 3월 말이면 세계 최대의 화훼류 축제인 큐켄호프 축제가 열리기 때문이다. 이 꽃 박람회는 총천연색의 아름다운 튤립뿐 아니라 수선화, 카네이션, 히아신스, 프리지어, 장미 등 수백 가지 꽃을 한자리에서 볼 수 있다. 축제를 위해 매년 가을 정원에 심는 알뿌리는 700만 개에 달한다고 한다. 축제 기간 동안의 최대행사는 꽃차 퍼레이드인데, 20여 대의 퍼레이드용 수레와 30여 대의 자동차가 화려하게 꽃으로 장식하고 40km의 거리를 행진한다. 제2차 세계대전 후인 1949년에 시작되어 지금은 세상 최대의 봄꽃 축제로 주목을 받고 있다. 축제 동안 매년 약 80만 명이 큐켄호프를 방문하며 그중 75%가 해외 방문객이라고 한다.

[F1 자동차 경주대회]

1950년 처음 시작한 F1은 세계 최고의 자동차 경주대회로 올림픽, 월드컵에 버금가는 빅 이벤트 가운데 하나로 일컬어진다. 관중 수 연간 380만 명, 전 세계 TV

시청자 수는 연간 23억 명으로 광고와 홍보 효과가 큰 스포츠다. 한 개의 좌석, 노출된 4개의 바퀴를 가진 레이스 전용차는 오직 달리기 위해 설계된 '자동차의 예술품'으로 불린다. 매년 여러 번의 경주를 치르는데, 각 경기를 '그랑프리'라고 부른다. 지금은 세계 17~19개국을 순회하고, 그랑프리당 10~12개 팀(1팀 2명)이 출전한다. 가장 높은 점수를 받는 사람이 우승하는 방식이다. 자동차가 달리는 코스는 대체로 레이스용으로 조성된 특별 서킷이지만 모나코의 경우는 일반 도심 도로를 달린다. 국내에서는 2010년에 처음으로 전남 영암에서 경기가 열려 4년간 이어지다가 현재는 중단상태다.

6부 종교

[7대 종단]

우리처럼 종교 간 갈등이나 반목이 없는 나라도 드물 것이다. 한국에는 7대 종단협의회가 있어 종교인들 간 화합과 다른 종교를 이해하기 위한 활동을 활발하게 전개하고 있다. 연례적으로 열리는 대한민국 종교문화 축제와 이웃 종교 화합대회가 대표적이다. 각종 종교문화 교육 강좌와 체험캠프, 순례행사, 친선 체육행사 등을 운영하고 있다. 계기가 될 때는 종파를 떠나 대통령이나 정부 측과도 대화 채널을 가동한다. 남북 종교 교류의 정례화와 같이 정치와 이념을 떠나 민족의 화해와 협력을 위한 일에도 앞장서고 있다.

[이스라엘의 축제]

기독교의 성지이자 성경의 주요 무대인 이스라엘은 종교적 축일과 기념일이 많다. 이스라엘의 3대 축제는 유월절, 오순절, 초막절이다. 유월절은 유대민족이 이집트의 노예 상태에서 해방된 날을 기념하는 날이다. 오순절은 시나이 산에서 율법을 받은 것을 기념하는 축제이자 '성령강림절'로 지켜진다. 초막절은 이집트 탈출 후

40년 광야 생활 동안 지켜주신 하나님의 은혜에 감사하는 축제이면서, 추수감사절에 해당한다. 현대에 들어서는 문화예술과 관련된 축제가 많아졌다. 특히 이스라엘은 음악에 강하고 공연 인프라가 탄탄하다. 클래식의 종합예술인 오페라 페스티벌은 여러 곳에서 볼 수 있다. 최근 이스라엘은 디지털 혁신과 창업 생태계가 잘 어우러진 첨단기술 강국으로 꼽힌다. 창업의 도시 텔아비브에서는 매년 9월에 최대의 창업 축제인 DLD 텔아비브 페스티벌이 열린다.

[이슬람의 축제]

이슬람교도들은 '더운 달'이라는 뜻의 '라마단(Ramadan)' 금식기를 가진다. 이슬람력으로 매년 9월 한 달간 행해지는데, 천사 가브리엘(Gabriel)이 무함마드에게 〈코란〉을 가르친 신성한 달을 기념한 것이다. 무슬림은 이 기간 일출에서 일몰까지 의무적으로 금식하고, 날마다 5번의 기도를 드린다. 라마단이 끝난 다음 날부터 '이드 알 피트르(Eid-al-Fitr)'라는 축제가 3일간 열려 맛있는 음식과 선물을 주고받는다. 보통 '작은 축제'라고 불린다. 이슬람의 최대 명절이자 축일은 연례 성지순례가 끝난 후 이슬람력(歷) 12월에 지내는 '이드 알 아드하(Eid al-Adha)'다. 대제(大祭) 또는 희생제(犧牲祭)라고 불린다. 어린 양을 제단에 바치며, 순례에 참여하지 못하는 무슬림들은 각 가정에서 잡은 양이나 낙타, 소 등으로 제를 올린 뒤 이웃이나 가난한 사람들과 나눠 먹는다.

[불교의 축제]

불교는 우리 역사와 오래 함께한 만큼 일상생활과 관련되는 의례와 축제가 많다. 연등회와 팔관회가 국가 행사로 진행된 적도 있었다. 전통적인 불교 의례 외에 일반인에게도 비교적 익숙한 불교 문화 축제는 주변이나 사찰에서 어렵지 않게 만날 수 있다. 부처님오신날의 연등이나 여러 가지 테마를 활용한 문화 축제는 전국에 산재한 사찰에서 연중 열린다. 사찰음식 축제, 산사음악회, 생태자연 축제를 포괄하는 이 같은 문화형 축제는 일반인들에게도 제법 알려진 것들이다. 주요 사찰에서는 템플 스테이를 진행한다. 공기 좋은 명산 계곡에 위치한 고즈넉한 사찰에서 자신을 돌아보며 휴식과 성찰의 여유를 갖는 것이다. 종교를 떠나서 한 번쯤 체험해 볼 만하다.

7부 자연과 일상생활

[한국의 축제]

우리나라는 사계절이 뚜렷한 덕분에 지역특산품과 자연관광을 주제로 다양한 축제가 넘친다. 요즘 지역 축제는 2,500여 개에 달한다고 한다. 숫자상으로 하루에도 일곱 개 가까이 전국에서 열리는 것이다. 지역 축제 유형을 분석해보면 문화예술 축제, 전통문화 축제, 지역특산품 축제, 자연관광 축제 등 네 가지가 많다. 앞의 두 축제는 지역의 전통과 역사, 문화예술과 같은 문화유산을 소재로 하고, 뒤의 축제들은 지역에서 직접 산출된 자연이나 생태와 관련된 것들이다. 축제의 양적 팽창에는 1995년 본격적인 지방자치제 시행이 큰 작용을 하였다. 무분별할 정도로 생겨난 지방의 축제는 정부(문화체육관광부)가 평가체제를 기반으로 한 '문화관광축제 제도'를 도입함으로써 질과 경쟁력 확보의 시대로 진입한다. 현재 한국의 축제는 괄목할 만한 전환과 발전의 과정에 있다.

ㅇ 정부가 선정한 2017년 문화관광 축제 (평가단계에 따라 차등 지원)

구 분	축 제
대표 축제(3)	김제 지평선 축제, 문경 전통찻사발 축제, 얼음나라 화천 산천어 축제
최우수 축제(7)	강진 청자 축제, 담양 대나무 축제, 무주 반딧불 축제, 산청 한방약초 축제, 이천 쌀 문화 축제, 자라섬 국제 재즈 페스티벌, 진도 신비의 바닷길 축제
우수 축제(10)	강경 젓갈 축제, 봉화 은어 축제, 부여 서동 연꽃 축제, 안성맞춤 남사당 바우덕이 축제, 원주 다이내믹 댄싱 카니발, 정남진 장흥 물 축제, 제주 들불 축제, 추억의 7080 충장 축제, 통영 한산대첩 축제, 평창 효석문화제
유망 축제(21)	고령 대가야 체험축제, 고창 모양성 축제, 광안리 어방 축제, 괴산 고추 축제, 대구 약령시 한방문화 축제, 대전 효뿌리 문화 축제, 보성 다향제 축제, 순창 장류 축제, 영암 왕인문화제, 완주 와일드푸드 축제, 울산 옹기 축제, 인천 펜타포트 음악 축제, 춘천 마임 축제, 포항 국제 불빛축제, 한성 백제문화제, 해미읍성 역사체험 축제, 강릉 커피축제, 밀양 아리랑 대축제, 수원 화성문화제, 시흥 갯골 축제, 정선 아리랑제

* 글로벌 육성 축제(대표 축제 졸업) – 보령 머드 축제, 안동 국제 탈춤 페스티벌, 진주 남강 유등 축제

참고문헌

고상현. 불교축제의 현황과 발전 방안. 불교학보 제70집. 2015.

김상근. 사람의 마음을 얻는 법. 21세기북스. 2011.

김홍열. 축제의 사회사. 한울. 2010.

네이버 지식백과

류정아. 축제인류학. 살림. 2003.

류정아. 축제이론. 커뮤니케이션북스. 2013.

문화관광부. 한국지역축제 총괄평가보고서. 2006.

박종호. 유럽 음악축제 순례기. 시공사. 2012.

스포츠경향. 대세 EDM을 주목하라…급성장하는 문화키워드. 2016.3.20.

어니스트 헤밍웨이 지음. 주순애 역. 파리는 날마다 축제. 이숲. 2012

요한 호이징하 지음. 김윤수 옮김. 호모루덴스. 까치글방. 2003.

우정아. 명작, 역사를 만나다. 아트북스. 2012

윤선자. 축제의 문화사. 한길사. 2008.

이주헌 역사의 미술관. 문학동네. 2011

중앙시사매거진. '하이테크 창업강국' 이스라엘의 성공 비결은? 2016.10.17(1355호).

진회숙. 클래식 오딧세이. 청아출판사. 2002.

최진용 외. 한국영화의 흐름과 새로운 전망. 집문당. 1994.

황지원. 오페라 살롱. 웅진리빙하우스. 2013.

E. H. 곰브리치 지음. 백승길, 이종승 옮김. 서양미술사. 예경. 2003.

SERI CEO